Ingeborg Christ

Das
andere Leben

in fünf Geschichten

Zur Autorin:

Die 1940 in der Eifel geborene, und in Lindau/Bodensee lebende **Ingeborg Christ,** veröffentlichte ihre Texte, manchmal in Kombination mit ihrer Malerei und ihren Fotos, in Literatur-Zeitschriften in Stuttgart, Salzburg, Wien, wie auch in Gemeinschaftsbänden und Anthologien in Köln, im ehemaligen Madras/Indien, und in der „Frankfurter Bibliothek".

In der Zwischenzeit sind ihre neuen Texte in Einzelbänden erschienen, in:
- **„Die kleinen Träume vom Glück"** /2010
  Kurzgeschichten mit Gedichten und Malerei
- **„September-Rose"** /2011
  Ein Roman
- **„Die Zeit, die wir haben** /2012
  Gedichte und Malerei
- **„Mio piccolo Mondo"** /2012
  Meine kleine Welt
  Ein Roman
- **„Baikal-Liebe und mongolischer Wind"** /2014
  Ein Roman

Das andere Leben

in
fünf Geschichten:

	Seite:
Sonnenblumen und roter Mohn	5
Bonito	21
Ich bin Freddi	49
Die Brücke am River	91
Ein Licht in der Nacht	113

Impressum:

Copyright: Ingeborg Christ
für Text, Foto und Bild

Herstellung und Verlag:
BoD - Books on Demand, Norderstedt

ISBN 978-3-7392-8092-9

Sonnenblumen
und
roter Mohn

Sonnenblumen und roter Mohn

Wenn der Wind des Atlantischen Ozeans spät am Abend über das Deck des Kreuzfahrtschiffes pfiff, erinnerte es sie an den des Baltischen Meeres. Er hatte auch gepfiffen, aber er war nicht so kalt. Dann hatten im kleinen Hafen die hohen Masten der Segelschiffe mit ihren langen Leinen und eingezogenen Segeltüchern aneinander geklimpert, dass es sich wie eine Musik angehört hatte. Marie hatte es die „Hafenmusik" genannt. Weit über den Hafen hinaus hatte es geklungen, landeinwärts bis zu dem alten Haus mit dem tiefgezogenen Rieddach, in dem sie ihre Kindheit verbrachte. Aus dem kleinen Fenster unter dem Dach hatte sie abends gerne herausgeschaut, um dem Wind und der Musik von den Masten zu lauschen, und den Duft der blühenden Wildblumen zu riechen, der von den Feldern herüberwehte.

Auf den großen Meeren, über die sie nun seit Jahren schipperte, blühten keine Blumen! Es roch nicht nach Thymian, Minze und wilder Kamille! Und auch kein duftender Lindenbaum blühte zu Beginn des Sommers, dessen betörender Duft am Abend in die Schlafkammer zog! Es gab auch keine Amsel im Baum, die in der Dämmerung ihre letzten Lieder sang!

Hier kreischten nur die Möwen, oder sie waren lautlose Begleiter des Schiffs. Marie sah ihnen zu; aber für sie waren sie kein Ersatz für die Amsel. Ihr Lied hatte nach Abendstille und

Feierabend, nach einem Frieden vor der Nacht geklungen. Danach waren sie, Marie und auch die Amsel, schlafen gegangen.
Wie zufrieden war sie immer gewesen mit der ländlichen Idylle, in der sie mit ihrer Großmutter gelebt, und mit Jan über die Felder gelaufen war! Nie hätte sie sich ein glücklicheres Leben woanders vorstellen können!

Oft, wenn die Arbeit und Hektik schon am frühen Morgen auf dem Schiff begann, und der Tag in einer Erschöpfung am Abend endete, ging sie zum obersten Deck hinauf und sank in einen Liegestuhl. Dann kamen die Gedanken an die Zeit vorher, und sie verlor sich in Erinnerungen.
Darin schlief sie nicht in einer Schiffskabine, sondern in ihrem bequemen Bett in ihrer Kammer im alten Haus. So früh wie jetzt hatte sie nicht aufstehen müssen, vorallem nicht am Wochenende. Heute wußte sie, wie wunderbar es war, dem Morgenwind in den Blättern eines Lindenbaumes zu lauschen, und vom Bett aus zuzusehen, wenn er mit gelbgeblümten Vorhängen am halbgeöffneten Fenster spielte. Und schön war es, wenn die ersten Sonnenstrahlen sich in leicht wehenden Vorhängen verfingen und durchs Zimmer tanzten! Ach ja!
Damals war es auch, dass zu dieser frühen Morgenstunde der Geruch von aufgebrühtem Kaffee durchs Haus gezogen war; denn die Großmutter war eine Frühaufsteherin gewesen. Mit ihrem großen blauen Becher voll dampfenden Kaffees, war sie nach draußen auf die alte Bank am Haus gegangen, und hatte ihn bei Vogelgezwitscher getrunken. Wahrscheinlich hatte auch sie das Lied der Amsel geliebt.

Manchmal war sie auch mit dem leeren Becher in der Hand in den Garten am Haus gegangen, und mit ein paar reifen Erdbeeren darin, roten Tomaten, oder süßen Himbeeren, zurück ins Haus gekommen. Die Früchte hatten dann in einer Schale mitten auf dem Frühstückstisch gestanden, wenn Marie die Treppe hinunter kam.

Dann hatte die Großmutter ihr auch das Wetter für den heutigen Tag vorhersagen können. Draußen von ihrer Bank aus hatte sie es beobachtet. Sie studierte es auch an den Vögeln, wie hoch sie flogen, und wie schnell. Besonders die Schwalben waren ihre Wetterpropheten. Auch an den Wolken und dem Himmel konnte sie es sehen, und sogar an dem Stand und Schein der Sonne.

Wurde es ein warmer Tag, wartete sie mit der Sonnenblumen- und der Ringelblumen-Ernte bis zum Mittag. Dann war ihr Duft am intensivsten. Aus den letzteren machte sie einen wohltuenden Likör. Zusammen mit klarem Schnaps, braunem Kandis und einer Vanillestange darin, ließ sie ihn ein paar Monate am Fenster in der Sonne ziehen. Ebenso auch ihren Schlehen-Likör. Sie trank ihn das ganze Jahr über immer dann, wenn sie sich nicht so recht wohlfühlte, und lobte ihn bei jedem Gläs'chen, dass er guttue.

Großmutter kannte sich bei allem aus. Auch mit den Kräutern am Feldrand: mit Kamilleblüten und Spitzwegerich-Blättern, mit den Blütendolden des Holunder und denen des Lindenbaums im Hof. Sie alle wurden gebündelt und hingen in kleinen Sträußen mit den Köpfen nach unten am Ende des Flurs, wo ein kleines Fenster immer halboffen stand.

Auch die Äpfel im Garten, die Mirabellen und die Kirschen, wie alle Früchte, erntete sie am liebsten in der Mittagssonne. „Dann sind sie schön süß!" sagte sie immer.

Es hätte sich alles nie ändern sollen; aber es tat es!
Marie fand sie eines frühen Morgens in ihrem Garten hinter dem Himbeerstrauch. Still hatte sie mit offenen Augen zum Himmel geschaut, noch mit dem blauen Kaffeebecher in der Hand und ein paar Himbeeren darin.

Mit Großmutters Tod änderte sich alles, im Haus und ums Haus. Und besonders für Marie!
Keine Kaffee- und Kakao-Aromen mehr in der Früh! Die Bank draußen blieb leer! Keine frischen, bunten Früchte mehr auf dem Frühstückstisch! Bald ließen auch die Blumen im Garten ihre Köpfe hängen, die Äpfel, Mirabellen, und Himbeeren lagen unbeachtet am Boden!
Und in der Wohnstube drinnen blieb die große Standuhr stehen, als wolle auch sie nicht mehr mit der Zeit gehen. Selbst die Zeit im Raum stand still! Unhörbar, als gäbe es kein Weitergehen mehr!

Marie weinte sich Abend für Abend in ihrer Schlafkammer oben unterm Dach in den Schlaf. Sie war kein Kind mehr! Aber ein paar Jahre zusammen mit der Großmutter und ihrem Umsorgen, hätte sie sich noch gerne gewünscht.
Großmutter war seit vielen Jahren der Hort, in dem sie zu Hause war! Sie hatte das Herz, das für die Enkelin schlug! Und sie hatte den Verstand, der bisher für zwei gereicht hatte,

solange bis Marie soweit war. Sie war die Wärme, die Liebe, von der sie gelebt hatte!
Aber nun war sie gegangen, hatte Marie und das Haus verlassen, das nur mehr eine stille Behausung war; denn Großmutter hatte ihre Seele mitgenommen!

Natürlich gab es auch noch Jan; aber er war kein Ersatz! Genau wie Marie lebte er am Rande der Sonnenblumenfelder. Von Kindheit an waren sie aneinander gewöhnt, hatten zusammen bis zur obersten Klasse die Schule besucht, und ihre Freizeit miteinander verbracht. Als Kinder waren sie auf den Lindenbaum geklettert und hatten sich oben zwischen den dicken Ästen versteckt. Sie waren in die Heide gelaufen um Heidelbeeren zu pflücken, aus denen die Großmutter ihnen leckere, süßbelegte Pfannkuchen buk.. Am alten Apfelbaum hatten sie auf einer Schaukel hoch zum Himmel hin geschaukelt. Und im Birnbaum war ihr kleines Baumhaus gewesen, ganz für sie allein! Aus einzelnen Brettern und Planen hatten sie es gebaut und sich darin ihre kleinen Geheimnisse erzählt.

Jan war es auch, der ihr damals das Schwimmen beigebracht hatte. Erst in einem kleinen, flachen Fluss, und später im kleinen Hafenbecken hatte er ihr die Angst vorm Wasser genommen. Jan war nicht ängstlich gewesen; er hatte sogar nach den Fischen getaucht und einmal einen erwischt. Auf einem Stein hatte er ihn erschlagen, aber sie hatte nicht zuschauen können. Danach hatten sie ihn auf einer kleinen Feuerstelle am Flussufer gebraten und gegessen.

Es gab so viele Erinnerungen! Sie hatte sie alle mitgenommen aufs Schiff; denn jede einzelne war in ihrem Leben wertvoll gewesen. Besonders in der Hektik der ganzen Jahre, und den vielen neuen, überwältigenden Eindrücken, waren sie so etwas wie eine stabile Grundlage für ein anderes Leben. Sie waren das Fundament ihres inneren Hauses, das sie sich auf ihren Schiffsreisen gebaut hatte. Alles Fremde war so schnell, und immer wieder neu, an ihr vorbeigezogen; nichts hatte sich halten lassen. Aber das, was in ihr verankert war, war fest an seinem Platz geblieben; denn es gehörte zu ihr!

Die Kinderjahre waren damals irgendwann vergangen, und mit ihnen Vieles, was dazugehört hatte. Aber aus der gewohnten Vertrautheit und Verbundenheit mit Jan war die erste Liebe gewachsen.
Erfüllt hatte sie sich im Sonnenblumenfeld an einem Sommertag im August. Einen Himmel voller Blumen, gelb wie die Sonne, hatte sie über sich gesehen, und der Mohn neben ihr hatte rot geblüht wie die Liebe!
Schön und golden war auch der Herbst gewesen, und im Winter hatten sie sich im alten Haus, das Marie geblieben war, gewärmt. Als aber der Frühling gekommen war, und die Menschen, wie die Natur, voll neuer Pläne waren fürs Jahr, hatte Jan seinen Studienplatz in einer entfernten Stadt bekommen, auf den er schon gewartet hatte.
Marie war zurückgeblieben, allein im einsamen Haus. Es wurde wieder zum Ort des Leidens und der Sehnsucht, einer Sehnsucht nach so Vielem! Sie lebte in der Vergangenheit und sehnte sich gleichzeitig nach Zukunft. Wie sie sich darstellen

sollte, wußte sie nicht. Über das geborgene Leben bei der Großmutter hatte sie sich Zeit gelassen, ernsthaft und konsequent darüber nachzudenken. Auch sie hatte ihren höheren Schulabschluss, aber ihr Kopf, bezüglich einer Richtung, in die er führen könnte, blieb vorerst leer.

Der Herbst kam schon ins Land, als Jan sie wieder besuchte. Doch alles war nicht wie zuvor.
Es geschah eben viel zwischen einem Frühling und einem Herbst!

Eines Tages jedoch war die Idee geboren, weniger aus der Distanz zu Jan heraus, als vielmehr draußen im Hafen. Dort saß sie immer noch gerne, um auf das Baltische Meer hinaus zu schauen, am Abend, wenn die Tagesausflügler auf einem der Schiffe in den Sonnenuntergang fuhren; oder auch am Morgen, wenn mit dem ersten Schiff wieder neue ankamen, mit einer freudigen Erwartung im Gesicht. Die am Abend schienen alle glücklich, und mit dem Erlebten zufrieden zu sein.

Über die Menschen war der Gedanke an die Zukunft entstanden. Auf einem Schiff müßte man arbeiten können, für all die glücklichen Menschen dort! Das würde auch glücklich machen, glaubte sie. Auf einem großen Schiff, das weit weg über die Weltmeere fuhr, in ferne Länder, die die einsame Heimat vergessen ließen! Einmal New York sehen, hatte sie sich manchmal gewünscht! Und ein anderes Mal San Franzisco oder Lissabon!

Ihre Bewerbung bei einer großen Reederei in Hamburg wurde angenommen. Der Traum von Ferne ging in Erfüllung! Ohne großes Bedauern ließ sie das Haus zurück, nachdem sie es an eine junge Familie mit kleinen Kindern verkauft hatte. Sie würden wieder neues Leben hineinbringen!

Seitdem schipperte Marie Jahr für Jahr um die Welt, von Norden bis Süden und von Osten nach Westen. Und alles war gut! Sie lernte Vieles Neue begreifen, alles was zu ihrem Job als Schiffs-Stewardess gehörte. Die Gegenwart rückte zwar jeden Morgen auf den wichtigsten Platz und verdrängte die Vergangenheit; doch diese meldete sich mit der Zeit immer wieder.
Besonders in den Abendstunden, wenn sie nach Feierabend an der Reling des oberen Decks stand, kamen die Gedanken. Und manchmal taten sie weh. Hatte sie Fernweh? Sie kannte dieses Gefühl aus jener einsamen Zeit, als es sie in die Welt hinaus getrieben hatte.
Doch diesmal war es anders. Die Sehnsucht war eine andere geworden: eine Sehnsucht nach Heimat!
Lange schon war sie auf dem Schiff zu Hause und zufrieden mit ihrem Leben. Es war ihr Haus geworden, das sie überallhin mitnehmen konnte. Praktisch! Aber das, was man Heimat nannte, würde es nie werden.
Es gab keinen Ersatz für etwas, was man einmal geliebt und verlassen hatte!
Wer die Heimat nicht missen konnte, hätte bleiben müssen! Entweder man blieb da, wo man sich einmal wohlgefühlt hatte, oder man nahm ein anderes Leben in Kauf! Aber es war

nicht so einfach! Wer wußte schon rechtzeitig, wohin er gehörte, wenn ein neuer Abschnitt begann?
Wer konnte schon wissen, wo für ihn im Leben der beste Platz war? Sie hatte damals geglaubt, es zu wissen, als sie von ihrem winzigen Fleck Heimat am Baltischen Meer hinaus in die Welt wollte, um Grenzen zu überschreiten, Endlosigkeit und Weite zu erleben. Dem großen Glück würde sie begegnen, und wäre es am Ende der Welt!
Heute wußte sie, dass, wenn sie einmal irgendwo glücklich war, es in jenem alten Haus bei den Sonnenblumen-Feldern gewesen war.

Marie fragte sich oft nach dem Glück. Was war es genau? Wie sah es aus; und was bedeutete es für den Menschen?
Hatten all die Menschen mit den frohen Gesichtern an Bord es gefunden? Würde es ihnen bleiben, wenn sie in ihrem Hafen zurück in ihren Alltag gingen?
Oder war es wie ein zartes seidiges Insekt, das sich nur für Momente auf einer Blüte niederließ?

Und was war mit ihr? Hatte sie es unterwegs übersehen, wenn es ihr nah war? Vielleicht aus zuviel Arbeit und Pflichterfüllung? Jeder Tag in seinem termingemäßen Ablauf war ein Wettlauf mit der Zeit: kalkuliert und nüchtern.

Sie sagte sich auch, dass ein dauerhaftes Glück nicht gut bei ihr aufgehoben sei; denn es brauchte Bodenhaftung und Beständigkeit um bleiben zu können. Es suchte einen ruhigen Platz, und sicher keinen auf einem schaukelnden Schiff! In ruhigem

Fahrwasser fühlte es sich wohl, und nicht auf den Weltmeeren zwischen stürmischen Wellen! Nein, das Glück brauchte Land unter den Füßen, und einen sicheren Hafen!

Schön ging die Sonne auf! Wie eine große leuchtendrote Kugel stieg sie aus dem Meer. Dann weitete sie sich, ergoss sich am Horizont, und legte einen rötlichen Schein auf das Wasser.
In langen Strahlen schien er bis zu dem Schiff, das nach einer ruhigen Nacht langsam in den Morgen fuhr.
Einzelne Passagiere standen staunend an der Reling; andere joggten in der Frische des Morgens über die langen Plankengänge. Der Morgen war schön!

Die Besatzung aber hatte ein anderes Programm.
Tag für Tag fanden sie sich in der Früh zu bestimmten Teams zusammen, um wie üblich an die Arbeit zu gehen, damit alles wie geplant und erwartet vonstatten ging. Jeder wußte, was er zu tun hatte und machte seinen Job. Dabei wurde Hand in Hand gearbeitet und keine Zeit verschenkt. Man kannte sich seit Jahren und war aufeinander eingestellt.
Zuverlässigkeit und Kollegialität zählten!
Man konnte diese Arbeit lernen; aber man mußte sie auch lieben! Alle Arbeiten, die dem Wohle der Passagiere dienten! Auch die Bereitschaft für das Dienen und ein freundliches Entgegenkommen mußten gegeben sein. Das verlangte ein Job, den man unter Menschen, und für Menschen, ausübte. Und Einfühlungsvermögen war gefragt in Bedürfnisse und Stimmungen der Gäste, jeden Tag neu, und immer wieder anders! Von ihrem Alltag losgelöst, öffneten sich die Menschen und

offenbarten sich, ob traurig oder froh. Die, die es nicht taten, mußte man feinfühlend umsorgen, bis sie soweit waren, ihren Ballast unterwegs über Bord zu werfen und sich zu erholen. Alles Übrige machten die neuen Eindrücke von fremden Ländern, ihren Menschen und der Natur. Sie halfen mit, einzuwirken gegen das Unwohle, das die Reisenden mit an Bord gebracht hatten und das sie belastete.

Marie liebte ihre Arbeit! Sie war vielseitig, abwechslungsreich, interessant, und manchmal hart. Jeden Abend fragte sie sich, ob und wie gut der Tag gewesen war. Doch mit jedem Gast, der sich irgendwann zufrieden lächelnd von ihr verabschiedete und von Bord ging, wuchs die Bestätigung, dass es gut war, was sie tat.
Es arbeitete sich gut im Kreis der Kolleginnen und Kollegen. Man war mit einigen freundschaftlich verbunden. Unter guter Führung schipperten sie gemeinsam durch die Welt, einer auf den anderen angewiesen. Und nur wenn jeder seine Sache gut machte, funktionierte es. Man bemühte sich, im eigenen wie im anderen Interesse.

Da war zum Beispiel Jonny! Schon seit seiner Zeit als Schiffsjunge war er an Bord. Das Schiff war sein Leben!
Jonny hatte das Talent dazu. Er beherrschte die Traurigkeit und den Übermut. Gab es trübe Tage im Kollegenkreis; Jonny brachte alle zum Lachen! Wie es jedoch um sein eigenes Herz bestellt war, wußte niemand von ihnen. Jonny zeigte es nicht, weil er den Stimmungen nicht unterlag. Schwierige Situationen entspannte er mit seinen Spässen.

Über die vielen Jahre an Bord war er ein Mann für alles geworden. Jonny kannte sich aus. In der Küche unterstützte er die Chefköche und hatte mittlerweile sein eigenes Menu, das er mit Liebe zubereitete. Jonny schleppte Gemüse- und Salatkisten aus dem Kühlraum herein und bereitete alles vor, putzte Ruccola und Feldsalat, schälte Spargel, Kohlrabi, Karotten und Kartoffeln, schnitt Fenchel und entblätterte Artischocken. Er sorgte für gesäuberte und entschuppte Fische, und sauber geschrubbte Arbeitsbretter. Spülmaschinen mußten ein- und ausgeräumt, und das Geschirr sortiert werden. Das saubere Besteck und die unterschiedlichen Messer hatten griffbereit zu sein, wie die Rührlöffel und Schöpfkellen. Die Köche waren nicht großzügig, wenn etwas nicht stimmte und die Zeit drängte.
Jonny hatte zwar seine Helfer, aber jeder ihrer Handgriffe mußte gesehen werden. Und Jonny sah alles!
Begann das Licht einer Leuchtröhre im Küchenbereich zu flackern; er ersetzte sie! Stimmte etwas nicht mit einer Klimaanlage in einem Aufenthaltsraum; er gab es weiter, damit es reguliert wurde! Ebenso wenn auf den Gängen eine Lampe ausfiel, sorgte er für Ersatz. Jonny war der Mann für alles!

An den Samstagabenden aber zeigte er, dass er auf seinen vielen Reisen ein Mann von Welt geworden war: er sang und steppte auf der Bühne! Seine Talente waren vielseitig und seine Stimme gut. Manchmal lag etwas Louis Armstrong darin, und ein anderes Mal Bing Crosby oder Dean Martin. Wie ein Profi steppte er vor dem Publikum über die Bühne und zeigte

lachend seine schneeweißen Zähne. Man war begeistert. Eine Schiffsreise ohne Jonny war undenkbar!
Doch danach verschwand er stillschweigend in seiner Kabine. Er hatte seine Wochenendpflicht getan!

Nicht nur das Publikum; auch die Kolleginnen und Kollegen hatten ihre Freude an Jonny. Wo er war, wurde bei der Arbeit gelacht. War er in der Küche, herrschte trotz Arbeit und Hektik Fröhlichkeit. Da es schon immer sein Wunsch gewesen war, ein Koch zu werden, überließ man ihm gewisse Gerichte. Und die machte er gut!
Jonny machte die herzhaftesten Fleisch-Frikadellen, bereitete Grillteller zu und briet die Spiegeleier. Diese wendete er in der Luft. Einmal war eines zu hoch geflogen. Für einen Moment klebte es an der niedrigen Küchendecke.
„Come down!"- Komm herunter! rief er ihm zu und hielt seine Pfanne darunter. Doch das Spiegelei landete auf seinem Kopf. Für sein Missgeschick erhielt er lachenden Beifall.
Er buk auch die Pfannkuchen. Und jeder wußte: Jonny machte die besten der Welt! Genau wie die Spiegeleier flogen sie in die Luft, und er fing sie auf wie ein Jongleur. Dabei sang und pfiff er seine Songs.

Ein Tag war wieder einmal geschafft. Wie so oft ging Marie am Abend, wenn alles still war, zum oberen Deck. Für eine Weile stand sie an der Reling und sah in die aufkommende Nacht. Der Tag war heiß gewesen, wie alle letzten warmen Sommertage, an denen die Sonne noch ihr Bestes gab. Groß und rot, so

wie sie am Morgen aufgestanden war, lag sie ruhend auf dem Wasser, bis sie mehr und mehr darin verglühte und versank.
Eigentlich hatten sie ein Gewitter erwartet; aber alles blieb still. Keine Anzeichen von Sturm in den Wolken, kein Peitschen der Wellen! Im Gegenteil! Am Himmel erschienen die Sterne und versprachen eine ruhige Nacht.
Morgen früh würden sie im Hafen von New York einlaufen.
New York, diese Stadt!

Sauber und weiß standen die Relax-Stühle der Passagiere um den Pool, bereit für den nächsten Tag. Müde ließ sie sich in einem von ihnen nieder und lauschte dem Rauschen des Meeres, das sie durchpflügten. Auch nach Jahren kam es ihr manchmal noch vor, als sei dieses Schiff und sie ein Traum, dann, wenn der Tag zu schnell vergangen war, und sie in all seiner Selbstverständlichkeit mitgerissen hatte. Hier draußen an Deck erwachten dann die Erinnerungen.

In ihren Gedanken hatte sie es kaum bemerkt, dass Jonny plötzlich neben ihr saß. Er sagte nichts und schien genauso müde zu sein wie sie. Still schauten sie zu den Sternen.
Da! Eine Sternschnuppe löste sich und fiel in einem leuchtenden Strahl vom Himmel. Und gleich noch eine! Und wieder eine! Es schien die Nacht der Sternschnuppen zu sein.
„Wenn die nächste kommt, mußt du dir was wünschen!" sagte Jonny.
„Dann muss ich nachdenken. Ich weiß nicht, was!"
„Nicht denken! Nur wünschen!" sagte er.
Und sie kam, bis tief herab! Ob sie ins Meer gefallen war?

„Was hast du dir gewünscht?"wollte er wissen. „Na, sag schon, was?"

„Sonnenblumen und roter Mohn!" sagte sie spontan, und leise, dass es der Wind verschlucken sollte.

Aber Jonny hatte begriffen.

„Ach, das Heimweh!" sagte er und nickte. Allzu gut kannte er diese Sehnsucht, die einen Heimatlosen von Zeit zu Zeit überfiel.

„Willst du zurück?" fragte er und sah sie an.

Doch sie schüttelte den Kopf. „Nein, mein Platz ist besetzt!"

„Dann hör auf zu träumen!" sagte Jonny. „Come, let's go! The night is beginning to be cool!" - Komm, lass uns gehen; die Nacht beginnt kühl zu werden!

Hand in Hand gingen sie übers Deck ihren Schlafgängen zu. Im fahlen Schein einer Schiffslaterne sah er die schimmernde Perle, die von ihrem Gesicht tropfte.

Als sie im Unterdeck ankamen, um zu ihren Kabinen zu gehen, sagte er:

„Go to sleep, Sweet! – Geh schlafen, Süße! Leg dich in dein Himmelbett und träume von New York! Tomorrow morning we'll be there yet!" – Morgen früh werden wir schon dort sein!

Bevor er ging, lachte er und meinte:

„Ich werde wahrscheinlich wieder von zappeligen Fischen und fliegenden Pfannkuchen träumen!"

Dann sagte er „Good night!" und sein übliches „God bless you!" – Gott segne dich! und ging den Gang entlang seiner Kabine zu.

****

~ Für Robert ~

Bonito

Bonito

Bonitos Geschichte begann, als er noch ein Junge war, ein Junge in Mexiko. Neun bis zehn Jahre mochte er alt sein; er wußte es nicht. Amalia war dieser Meinung. Und was Amalia meinte, mußte stimmen; denn oft hatte sie recht. Das war auch der Grund, weshalb Bonito ihr alles glaubte und das, was sie sagte, befolgte.

Amalia war nicht mehr jung, eher älter, aber nicht zu alt, um Bonito noch eine gute Mutter und zugleich auch Großmutter zu sein, auch wenn sie es nicht wirklich war. Sie war, ohne es zu wollen, irgendwie zu dieser Mutterrolle gekommen und sie nicht mehr losgeworden: damals, als sie auf dem Weg von Colorada nach San Marcos gewesen war.

Auf den Steinstufen eines verschütteten Hauses hatte sie den Jungen gefunden. Ein Erdbeben hatte das kleine Dorf in den einsamen Bergen erschüttert und seine Häuser zerstört. Die meisten Einwohner wurden unter den Trümmern begraben, auch Bonitos Eltern mit dem Großvater. Nur wenige waren gerettet worden und hatten überlebt.

Bonito hatte Glück! Er war an dem Morgen schon früh mit den Ziegen des Dorfes unterwegs gewesen, als das Beben begann. Ihm und den Ziegen hatte es nichts getan. Doch er hatte einen großen Umweg nehmen müssen, um später nach Hause zu kommen. Der Weg zum Dorf war mit Geröll aus den Bergen zugeschüttet gewesen, und darunter hatte es noch überall gebrummelt und rumort. Er war von einem Stein zum anderen gesprungen und gerannt, so schnell er konnte, und dennoch zu spät gekommen: das Dorf stand nicht mehr, außer der kleinen Kirche Santa Maria! Ihr weißer Turm mit der Glocke darin hatte sich zwar etwas geneigt, so, als schaue er auf den Trümmerhaufen um ihn herum herab, aber er hatte standgehalten. Traurig hatte es ausgesehen. Und still war es gewesen, seltsam still. Keine Stimmen, keiner der mehr geredet hatte, auch kein Hund hatte gebellt, kein Huhn gegackert wie sonst am frühen Morgen, und kein Vogel, der noch gesungen hatte!

Alles war verstummt!

Bonito mochte schon lange ratlos vor den Trümmerbergen gestanden haben, als ihn jemand ansprach. Es war der alte Alvarez aus ihrer Straße. Er hatte gezittert und war ebenso verstört gewesen wie Bonito. Doch dann hatte es ihn plötzlich gepackt als er begann, Steine wegzuräumen, schnell und immer schneller. Bonito hatte ihm dabei geholfen. Und bald waren auch die anderen hinzugekommen, die irgendwo aus dem Schutt herausgekrochen waren und überlebt hatten. Bis zur Nacht hatten sie gearbeitet und noch den einen oder anderen daraus gerettet; aber Benitos Familie war darin verschüttet geblieben. Es war eine traurige Nacht gewesen. Doch von der schweren Arbeit so erschöpft, waren sie zwischen den Steinen eingeschlafen und hatten die Traurigkeit für ein paar Stunden vergessen. Am nächsten Morgen hatten sie sich im Rinnsal eines Wassers, das aus einer neuen Quelle entstanden war, den Staub von gestern aus den Gesichtern gewaschen und daraus getrunken, weil ihre Kehlen rau und heiser geworden waren vor lauter Rufen nach den Lieben.

Später hatte eine Suchmannschaft aus dem Tal die Wenigen, die übrig waren, mit hinunter genommen, außer Bonito. Er war an diesem Tag zu den Ziegen in die Berge gestiegen, um zu sehen, was aus der Herde geworden war. Zum Glück hatte er sie gefunden und sich auch satt an ihrer frischen Milch trinken können.

Doch irgendwann war er wieder ins Dorf abgestiegen, um einen Menschen zu treffen. Er hatte sich auf die Steinstufen gesetzt, die einmal zu seinem Haus geführt hatten, und war eingeschlafen. Als er aufgewacht war, hatte ein schlafender Hund vor seinen Füßen gelegen. Vielleicht war er noch aus einem Schuttloch herausgekrochen und hatte auch überall nach einem Überlebenden gesucht?

Da waren sie nun: Bonito und der Hund! Einer genauso allein wie der andere! Zusammen hatten sie gewartet und geschlafen, abwechselnd, um keine Änderung ihres Schicksals zu versäumen. Zwischendurch war Bonito mit ihm hinauf zu den Schafen gegangen, um nach dem Rechten zu sehen und sich satt Milch zu trinken; denn sonst gab es nichts, außer ein paar reifen Beeren unterwegs. Dort oben hatten sie auch bei den Schafen draußen in der Natur geschlafen, obwohl die Nächte in den Bergen kalt waren. Aber sie hatten sich gegenseitig gewärmt: die Schafe, der Hund und Bonito!

Der Hund hatte sich als sehr gelehrig gezeigt und bald genau gewußt. wie er es anstellen mußte, die Herde zusammenzuhalten.l Er war besonders anhänglich; hatte er doch auch niemand mehr! Bonito nannte seinen neuen Freund „Chico".

Sie hatten wieder einmal in ihrem Dorf ohne Menschen auf den Steinstufen des verschütteten Hauses gewartet und geschlafen, als Amalia vorbeigekommen war. Sie war auf dem Heimweg von einem Besuch bei ihren Verwandten in einem Dorf in den Bergen gewesen, und sehr froh, dass diese von dem Erdbeben verschont geblieben waren. Hier aber hatte es zugeschlagen und kaum ein Haus verschont, außer dem Kirchturm. Ihn hatte es nur zur Seite geneigt.

„Wenn der Wind stärker aus dem Tal herauf weht, gibt es ein oder zwei leise Glockenschläge", hatte Bonito zu Amalia gesagt, die zu dem schiefen Turm herauf geschaut hatte. Und „Die Tauben, die vorher darin gewohnt haben, sind weggezogen. Es ist niemand mehr da"!

Als sie ihn gefragt hatte, ob er mit ihr kommen wolle, hatte er nicht lange überlegen müssen. Gemeinsam waren sie weitergegangen; Chico war hinterher getrottet, anhänglich wie er war. Sie hatten sich die dünnen, harten Brotscheiben, die Amalia als Wegzehrung dabei hatte, und ein Stück Ziegenkäse und das Trockenobst, geteilt, und aus den Quellen am Weg getrunken. So hatten die beiden jungen Begleiter schon unterwegs begriffen, dass ihr Weg mit Amalia in bescheidene Zeiten führte, in denen man mit Wenigem zufrieden sein mußte. Über das, was aus ihnen werden sollte, hatten sie nicht nachdenken können; der Weg war zu anstrengend und zu weit gewesen und hatte nicht enden wollen. Bonito und Chico hatte es genügt, wieder einen guten Menschen gefunden zu haben, zu dem sie gehörten. Und so gingen sie zusammen weiter, und den Berg hinab in die kleine weiße Stadt am Meer, wo Amalia zu Hause war, und vertrauten ihrem Schicksal.

*

Amalia war eine von den guten Menschen; das fühlte man. Sie war eine stille Frau, die nicht sehr viel fragte und redete. So machte es sich gut, dass auch Bonito ein stiller Junge war. Das Leid hat ihn schweigsam gemacht, dachte Amalia. Ich werde ihm Zeit lassen müssen, viel Zeit, sein Unglück zu vergessen. Ein Erdbeben löste immer einen Schock aus bei den Menschen, und danach war für die, die übrigblieben, nichts mehr so, wie es vorher einmal war. Amalia kannte das

Leben und wußte, dass verletzte Kinderseelen ihre Zeit brauchten, gesund zu werden. Manchmal sah sie ihn irgendwo sitzen, mit dem Hund daneben, und von vergangenen Zeiten seiner Kindheit träumen. Ob diese Träume schön oder traurig waren, wußte Amalia nicht. Auf jeden Fall führten sie ihn jedesmal zu dem großen Schutthaufen in seinem Dorf, das keines mehr war.

Ob Benito nun neun oder schon zehn Jahre alt war, interessierte Amalia wenig. Sie schickte ihn zur Schule und beurteilte ihn selbst nach seinem jungen Verstand. Und Bonito zeigte, dass er genug davon hatte, alles Notwendige in der Schule und zu Hause zu begreifen. Er beurteilte nicht nur das Augenblickliche, sondern dachte auch darüber nach, und darüber hinaus. Irgendwann über die Schule, und seinen neuen Umgang mit gleichaltrigen Kindern der Straßen, hatte er wieder das Reden gelernt. Und das Fragen. Alles was er nicht kannte, wollte er wissen. Zusammen auch mit Aminas Weisheit und Lebenserfahrung begriff er Dinge, die normalerweise kein Kind seines Alters verstand. Vorallem aber sah er, wie sehr sich seine neue Mutter plagte, um mit für ihn zu sorgen. Er achtete es und half ihr, so gut er konnte.

Bonito hatte zwar über all das, was er wissen und lernen wollte, reden und fragen gelernt; aber ein richtig fröhlicher Junge war er nicht mehr geworden. Die kindliche, unbesonnene Heiterkeit und Unbeschwertheit hatte er im Trümmerfeld seines Dorfes verloren. Wenn sich die anderen Jungen mit einem Fußball vergnügten, und ihre Zurufe und das Lachen laut durch ihre schmale Gasse schallte, saß Bonito auf den Treppenstufen vorm Haus und sah ihnen zu. Er sah es wohl gern; und doch schien es so, als sei er zufrieden mit seinem Alleinsein und beneide sie nicht einmal darum.

Bonito lebte ein Leben zwischen jung und alt und wurde täglich mehr geprägt durch das Leben mit Amalia. Er sah wie sie war und nicht war: gutmütig und fleißig, nicht streitsüchtig oder neidisch auf die, denen es besser ging. Von denen gab es viele in ihrer Umgebung. Zwar nicht in ihren schmalen dunklen Gassen, in denen früher die armen Zuckerrohrschneider ihre bescheidenen Häuser gebaut hatten, aber schon in der nahegelegenen Hauptstraße, wo die großen prächtigen Häuser standen mit ihren Parks dahinter. Arme und Reiche wohnten nah beieinander in ihrer Stadt, doch es trennte sie eine Welt! Es war nicht so, dass Amalia das bessere Leben der anderen nicht kannte. Sie kannte es sogar gut; denn einmal pro Woche wurde sie damit bekannt, wenn sie in die Häuser ging, um die von ihr reparierte und geänderte Kleidung jener Leute abzuliefern und das Geld dafür zu erhalten. Manchmal nahm sie auch Bonito mit. Er konnte gut rechnen und sah gleich, ob der Betrag stimmte, den sie in die Hand bekamen. Bei einigen erhielt auch er ein kleines Geldstück, weil er ein so netter und hilfsbereiter Junge war, der seiner Mutter half. Und Geld, wieviel es auch war, konnte man immer brauchen!

Gewiß bekamen sie auch große Augen, wenn sie an den Reichtum sahen. Dennoch waren sie froh, wenn sie wieder auf dem Heimweg zu ihrem kleinen Haus in der Zuckergasse waren. „Es lebt sich gut unter Gleichgestellten!" sagte dann Amalia. „Da ist mehr Zufriedenheit weil die Wünsche nicht so begierlich sind", meinte sie. Sicher hatte sie auch darin recht. Auch Bonito sah es täglich im Umgang mit den anderen Jungen. Besitz zu haben verursachte falsche Gefühle. Wenn einer mehr hatte als die übrigen, buhlten sie zuerst um seine Freundschaft, nur weil sie ihn beneideten und vielleicht etwas abhaben wollten. In Wirklichkeit aber waren sie keine echten Freunde.

Chico

Bonito genügten Amalia und Chico zur Zufriedenheit. Bei ihnen in der Zuckergasse hatte er einen warmen Platz gefunden und die Liebe, die er brauchte, um leben zu können.

Chico erging es ähnlich. Obwohl er über sein neues Leben bei Amalia und Bonito zu einem noch größeren und gesunden Hund geworden war, ließ ihn sein stetiger Hunger nach noch immer mehr und Besserem Ausschau halten. Bei seinen täglichen Streifzügen durch die Gassen bis hinaus zum Wochenmarkt, holte er sich Manches, was ihm nicht zustand. Den Weg dorthin schlug er gleich in der Früh ein, wenn Amalia die Tür öffnete und Bonito zur Schule ging. Am Marktplatz, und ringsherum, kannte er sich aus. In den hinter den Ständen abgestellten Kisten gab es viel zu schnüffeln. Die Händler waren viel zu sehr mit dem Anrichten ihrer Waren und ihren Kunden beschäftigt, als dass sie es bemerkten. Doch wenn, mußte er schnell sein. So eine Kiste oder eine Melone ins Kreuz zu bekommen, tat gehörig weh.

Chico war nicht der einzige aller hungrigen Hunde. An solchen Tagen kamen sie von weit her aus allen Gassen, um einen Happen Futter anderer Art zu ergattern. Dann wurde der Markt zum Treffpunkt aller Rassen von groß bis klein und von freundlich bis bösartig. Keiner von ihnen sah neidlos zu, wenn der andere einen Brocken erwischt hatte. Dann wurde gekämpft, manchmal bis das Blut floss, und derjenige mit hängendem Kopf und Schwanz nach Hause humpeln mußte. Besonders schlecht war es, wenn man in ein Rudel Straßenhunde geriet, die irgendwie zusammen gehörten. Da hatte einer das Sagen, und auch den Vortritt beim Fressen. Es hatte lange gedauert, bis auch Chico das begriffen hatte, Und darüber waren die Bißstellen an seinem

Körper und die Schmerzen, an die er sich erinnerte, zahlreich geworden.

Trotzdem zog es ihn Woche für Woche hin in diese Welt voller Leben und Überraschungen. Dort gab es nicht nur Rangeleien um das Futter, sondern man traf auch den einen, oder eine andere Schicksalsgenossin, und fand sich sympathisch. Einmal hatte er eine liebreizende Hündin mit nach Hause genommen. Doch als Amalia die Türe öffnete, hatte sie diese fluchend verscheucht. Und sie hatte ihn, Chico, ausgeschimpft, dass sie nicht noch einen hungrigen, nichtsnutzigen Hund durchfüttern könne. Und überhaupt könne er froh sein, einen so guten Platz bei ihr gefunden zu haben.

Aber manchmal verlor sie auch die Geduld mit ihm, wenn er wieder einmal mit frischen Bisswunden in die Zuckergasse Nummer 10 nach Hause kam und sie schuldbewußt ansah. Dann nützte es nichts, wenn er ihr unschuldige Augen machte. Sie schimpfte drauflos und fluchte: „Ach Chico, was bist du bloß für ein dummer Hund! Bliebst du zu Hause und würdest deine Fressgier beherrschen, hättest du ein sorgenfreies Leben! Weißt du überhaupt, wie gut du es hast im Vergleich zu den Straßenhunden, die kein Zuhause haben?" Doch in ihrer Gutmütigkeit nahm sie sich jedesmal seiner an und versorgte seine Wunden. Dabei hagelte eine Flut von Amalias Flüchen auf ihn herab, wobei er nicht einmal vor Schmerz zu piepsen wagte, wenn ihre Hände ihn mit einem scheußlichen Kräuterbalsam betupften.

Schön war es immer wieder, wenn Bonito ihn mit auf die Straße nahm. Und besonders schön war es im Hafen, wenn sie bei den Fischern saßen, die ihre Netze reparierten. Sie hatten stets auch ein gutes Wort für ihn, weil er mit Bonito kam, und manchmal auch einen Happen ihrer Brote übrig. während andere Hundebettler Abstand halten mußten.

Besonders Pedro, ein alter Indio aus den Bergen der Sierra Madre, hatte ein gutes Herz. Ihm war es auch zu verdanken, dass Bonito am Nachmittag oft zum Hafen ging, um sich ein paar Pesos zu verdienen. Die Fischer waren anständige Leute und bezahlten ihn für seine Hilfe beim Ausbessern der Netze. Bonito verstand es gut, sich nützlich zu machen. Er hatte den Männern lange zugeschaut und wußte genau, wie die Arbeiten zu tun waren. Manchmal an schulfreien Tagen standen er und Chico schon in der Früh im Hafen, um auf die Ankunft der Fischerboote vom Meer zu warten. Dann gab es besonders viel zu tun, und Bonitos Hilfe war willkommen.

Schön war es dann, wenn sie zu Mittag mit frischem Fisch nach Hause gingen und von Amalia mit einem Freudenschrei empfangen wurden. Wenig später briet er schon in ihrer schweren gusseisernen Pfanne. Zusammen mit Reis und feurigen Paprikaschoten in einer roten, würzigen Soße hatten sie eine köstliche Mahlzeit.

Chico dagegen bekam nur braunen Reis mit etwas Fisch. Obwohl er sah, wie gut es ihnen schmeckte, wurde ihm jedesmal gesagt, dass die Gewürze nichts für Hunde seien. Zugegeben: Fisch allein war nicht unbedingt nach seinem Geschmack. Das war etwas für Katzen. Chico beobachtete jeden Tag, wie sie in ganzen Scharen zum Strand kamen, wenn die Fischerboote an Land kamen. Wie die Hunde am Rande des Marktplatzes, so saßen sie im Hafen bereit und warteten gierig, dass ihnen etwas zugeworfen wurde. Auch sie waren streitsüchtig wenn es ums Fressen ging. Chico fand, dass die Katzen unberechenbarer sein konnten als Hunde waren. Als Hund durfte man ihnen nicht zu nahe kommen; sogleich erschreckten sie einen mit einem furchtbaren Fauchen. Sie waren sogar imstande, einem direkt und ohne Grund ins Gesicht zu springen und in die Augen zu kratzen. Oh nein; Katzen waren kleine Biester! Und wenn man sie nur anrührte, ohne ihnen etwas zuleide zu tun, konnten sie erbärmlich laut schreien, dass es einem durch Mark und Bein ging. Einmal, als eine von ihnen ihm einen Brothappen vor der Nase wegschnappen wollte, hatte er sie über den Strand gejagt. Doch im Nu war sie den Stamm einer jungen Palme hinauf gerast und hatte triumphierend von oben auf ihn herab gesehen. Nein; er mochte einfach keine Katzen! Gewiß, sie sahen niedlich und schön aus; und Chico sah ihnen auch gern zu, wenn ihre Kleinen miteinander spielten und sich die erwachsenen Tiere liebevoll und sanft beschmusten. Aber, wie gesagt: es war ihnen nicht zu trauen! Chico war froh, dass Amalia keine Katze hatte, mit der er das Haus teilen mußte. Wenn sie aber eine bekäme, würde er gehen und mit den Straßenhunden durch die Stadt ziehen.

Es war wieder mal ein warmer Tag, an dem sich Bonito ein paar Pesos verdiente. Der alte Pedro hatte ihm einen Farbeimer mit Pinsel hingestellt und ihm gezeigt, wie man ein altes Fischerboot streicht. Der ganze Strand roch nach Farbe, zumal heute vom Meer herüber kein Wind ging. Der Geruch reizte auch Chicos empfindliche Nase. Unruhig lag er im heißen Sand und zuckte im Schlaf mit seinen Beinen. Wahrscheinlich hatte er aber auch wieder einen Traum von lauernden, ihn provozierenden Katzen.

Erst in der Dämmerung gingen sie nach Hause. Aber auch die düsteren Gassen ihrer Wohngegend waren nicht gefahrlos. Und das wußten sie beide. Ruhig und aufmerksam ging Chico neben Bonito. Er kannte seine Aufgabe, seinen besten Freund zu beschützen. Eine kleine Gruppe Jugendlicher kam ihnen auf direktem Weg entgegen, und Chicos wachsamer Instinkt begann ihn zu warnen. Er stellte sein Rückenhaar auf und ließ ein böses Knurren hören. Aber es schien die großen Jugendlichen nicht davon abzuhalten, von Bonito die Pesos abzuverlangen, die er am Nachmittag verdient hatte. Als er sich weigerte, traten und schlugen sie auf ihn ein, bis der zornige Angriffslaut Chicos ertönte, und freigelegte Hundezähne zubissen. Stark und wütend wie er war, sprang er sie an, warf sie zu Boden und ließ seinen ganzen Zorn an ihnen aus. Bonito ermahnte ihn und hatte Mühe, ihn von seiner Rauferei abzuhalten, und weiter mit ihm nach Hause zu gehen.

Chico war zwar immer noch aufgeregt und böse als sie weiter gingen, aber über Bonitos Streicheln und seine dankbaren Worte beruhigte er sich langsam. Doch während Bonito schon in Gedanken bei Amina war, die sich wieder herzlich über das Geld freuen würde, das er ihr gleich geben werde, gruben sich die Gesichter der Jugendlichen in Chicos Gedächtnis ein um in Zukunft noch wachsamer zu sein in dunklen Gassen, und auch noch aufmerksamer in seinem Gefühl, ob es jemand gut mit ihnen meinte oder nicht. Chico behielt gut. Unliebsame Begegnungen vergaß er nie! Darin ähnelte er einem wachsamen Straßenhund, der die Gefahren schon ahnte, bevor sie um die Ecke kamen.

*

Die Puppenspieler

In den folgenden Tagen zogen wieder die Puppenspieler durch die Stadt und boten an größeren Plätzen, und am Strand sogar kostenlos ihre Vorführungen an.

Bonito gefielen ihre Spiele, und er bewunderte jedesmal die

Spielkunst, mit der alles so echt aussah. Die kleinen Figuren trugen schöne Gewänder, passend zu ihren Geschichten. Und sie führten Unterhaltungen miteinander wie kleine Menschen.

Wunderschön war es, wenn der kleine Geigenspieler dem Mond in der Nacht etwas vorspielte.

Foto: Ingeborg Christ
-Burg-Museum, Angera/Lago Maggiore -

Noch besser gefiel ihm die Geschichte vom Sultan. Darin ritten die Krieger des Sultans auf Kamelen durch den Sand. Der Sultan selbst ritt als erster. Er war wie ein König gekleidet in prächtigen Gewändern und einem weiten purpurroten Umhang mit Goldbändern bestickt. In seiner Hand hielt er die Fahne seines Reiches, und mit der anderen die Zügel seines weißen stolzen Pferdes. Ein Adler saß auf seiner Schulter. Dieser flog über die ganze Welt und berichtete nach seiner Rückkehr alles dem Sultan.

Der Sultan war ein weiser Mann, der alles wußte. Er war der Herrscher über ein großes, reiches Land, und er hatte eine schöne Tochter: Luna! Sie war wirklich wunderschön. Bonito hatte sie bei der letzten Aufführung gesehen. Luna sollte verheiratet werden, und von einem tapferen Mann beschützt. Doch niemand aus seinem Reich war dem Sultan gut genug; und keiner war da, der Luna gefiel. Schon manch einer seiner Krieger hatte er losgeschickt, sich draußen in der Welt in Mutproben zu bewähren. Einige waren nicht mehr zurückgekommen, und andere hatten ihn bei ihrer Rückkehr belogen...wenn da nicht der Adler gewesen wäre, der über ihnen geflogen war und alles beobachtet hatte! Noch bevor sie zurückkamen, hatte der Adler schon seinen Herrn informiert, dass sie den Gefahren aus dem Weg gegangen waren. Sie hatten keinen hohen Berg bestiegen und ihre Kraft und Ausdauer bewiesen; sie hatten nicht die ganze Wüste durchwandert, keine wilden Flüsse durchquert und mit Krokodilen gekämpft, und waren auch nicht in einem Boot auf dem stürmischen Meer gefahren. Nicht einmal mit den weisen Männern des Landes hatten sie geredet und ihnen zugehört, um etwas zu lernen! Und so ließ sie der Sultan alle auf eine einsame kleine Insel bringen, weil sie ihn belogen hatten und um seine Tochter betrügen wollten.

Es war wie immer eine lange Geschichte. Aber Bonito blieb auch dieses Mal bis zum Schluss, wo Luna ihren Liebsten fand. Sie begegnete ihm am Wüstenrand, nahe der Stadt, als sie kein Trinkwasser mehr in ihrer Flasche hatte, die am Pferdesattel hing. Durstig war sie vom Pferd gestiegen und hatte sich dabei einen Dorn von einer stacheligen Hecke in den Fuß getreten. Da stand sie nun und jammerte, als Sandro mit seiner Ziegenherde vorbeikam. Hilfsbereit wie er war, bot er ihr erst seinen Ziegenlederbeutel mit Wasser an. Dann befreite er sie von dem Dorn und wusch ihn mit seinem kostbaren Wasser, ohne zu wissen, wer sie war. Als er sie aufs Pferd hob, schenkte sie ihm zum Dank einen Kuss.

Und damit begann die Liebesgeschichte zwischen der Prinzessin Luna und dem Ziegenhirten Sandro, den sie als ihren Prinzen mit nach Hause nahm. Dem Sultan war er recht, weil er seine Tochter glücklich machte. Und zudem stellte sich heraus, dass Sandro ein kluger und tapferer junger Mann war, der keiner Gefahr aus dem Weg ging. Er kannte sich aus in der Wüste und in den Bergen, die er schon mit seiner Herde überquert hatte. Er kannte die Winde, die Wetter, und hatte schon einmal mit einem Wüstenschakal gekämpft, der sich ein Tier seiner Herde nehmen wollte. Und was sehr wichtig war: er wußte wo sich ungefähr die Wasserquellen in der Wüstenregion befanden. Das wußte nicht einmal der Sultan selbst. Und mit all diesem Wissen war er wichtig für sein Reich. Ein gutes Herz hatte er auch. Damit würde er sein Volk gut behandeln. Ja, Sandro war der Beste, den er für den zukünftigen Thron finden konnte. Da war sich der Sultan sicher.

Zufrieden ging auch Bonito an diesem Abend heim. Er war zwar kein kleiner Junge mehr, vielmehr ein großer; aber die Geschichten der Puppenspieler gefielen ihm immer noch gut. Im Stillen wünschte er sich auch schon eine schöne und liebe

Prinzessin, die ihn küssen würde. Aber das waren noch Zukunftsträume. Amalia gab ihm auch manchmal einen schmatzenden Kuss auf die Wange, wenn sie besonders gut gelaunt und etwas übermütig war. Aber das war ein Spaß. Bonito hatte genau gefühlt, dass der Kuss der Prinzessin etwas anderes gewesen war, und richtig ernst, etwas, das er nicht kannte.

Noch lebten er und Chico gut bei Amalia. Bei ihr in der Zuckergasse Nummer 10 waren sie daheim. Nicht mehr da, wo sie einmal geboren worden waren, sondern da, wo sie seitdem geliebt wurden.

*

Bonito, ein Mann!

Mit den Jahren, als Bonito nach seiner Schulzeit zu einem jungen Mann herangewachsen war, erhielt er bei den Fischern einen Arbeitsplatz wie Erwachsene ihn hatten. Pedro, der Indio, war in der Zwischenzeit zu alt geworden, um seine bisherige Arbeit zu tun. Aber sein Platz mußte ausgefüllt werden, und so trat Bonito an seine Stelle. Er hatte viel gelernt in den Jahren und kannte sich aus mit den Booten.

Am Morgen in der Früh, wenn die Sonne noch nicht aufgegangen war und der Mond noch am Himmel stand, fuhr er mit den Fischern aufs Meer hinaus. Bonito kannte sich auch aus mit dem Meer und mit allen Fischarten, die in ihrer Region vorkamen, und wußte, zu welchen Zeiten sie gefangen werden durften. Da gab es Gesetze! Während der Laichzeit war es verboten, und auch noch, wenn sie zu klein waren. Das wurde von der Fischerei-Kontrollstelle überwacht und auch gleich vor Ort bestraft, wenn sich jemand nicht daran gehalten hatte. Auch die Fischer selbst mußten mitdenken und Sorge dafür tragen, dass einzelne seltenere Arten nicht im Übermaß gefangen wurden, und wie gesagt, auch nicht die kleineren Jungfische, damit sich der Bestand weiterentwickeln und halten konnte. Dabei war man sehr streng. Schließlich war es ja auch im Interesse der Fischer selbst, die Fanggründe nicht leer zu fischen.

Auch die Meeresabschnitte mußte man kennen, die jedem Fischereibetrieb zugeordnet waren. Kamen sie einmal in das Gebiet von anderen, gab es großen Ärger unter den Fischern. Die Arbeit an Land kannte Bonito schon aus all den Jahren, in denen er mitgeholfen hatte. Die Fische wurden nach ihrer Rasse und Art sortiert, gewaschen und fein sortiert in Kisten gelegt, um sie den Händlern anzubieten, die sie dann an die Fischmärkte und Restaurants weiter verkauften. Anschließend wurden die großen Netze vom Seetang gesäubert und die Löcher neu vernäht, die scharfe Muschelkanten darin gerissen hatten. Zuletzt wurde das Boot gereinigt und fertiggemacht für die nächste Fahrt aufs Meer am anderen Morgen.

Ja, ein guter Fischer zu sein, war nicht einfach! Aber die Hauptsache war: sie hatten eine Arbeit, die sie kannten und ihnen Freude machte!

Auch Chico hatte sich der Berufstätigkeit Bonitos angepasst. Jeden Morgen zog er wie ein arbeitender Mensch los, um rechtzeitig im Hafen zu sein, wenn die Fischerboote zurückkamen. Amalia band ihm einen kleinen verknoteten Beutel mit Broten für Bonito an sein Halsband und öffnete ihm die Türe. Den Weg kannte er von jung an; da brauchte sich niemand um ihn zu sorgen. Dort angekommen, wartete er geduldig mit seinem Frühstückspäckchen an der Anlegestelle und schaute gebannt aufs Meer hinaus. Zum Marktplatz zu laufen hatte er sich längst abgewöhnt. Er hatte es leid, sich mit der Meute der streunenden Hunde herum zu ärgern. Seinen Platz hier im Hafen machte ihm niemand streitig, weder die Hunde noch die Katzen!

Hier kannte man den zotteligen großen Hund und duldete ihn. Der „Fischerhund" wurde er von den Leuten genannt. Das machte ihn stolz. Ebenso kannte Chico die Fischer. Er wußte genau, wer von ihnen sein Butterbrot mit ihm teilte und ihm manchmal mit einer nach Fisch riechenden Hand über den Kopf strich. Das nahm er gerne hin, auch wenn er danach nach Fisch roch, genau wie sein Freund Bonito.

Die Katzen begannen ihn wegen ihres Lieblingsgeruchs allmählich zu mögen. Aber die Sympathie war nicht auf beiden Seiten. Es war nun mal so! Chico konnte es nicht ändern! Den salzigen Geruch des Meeres hatte er lieben gelernt; aber nach Fisch, wie die Katzen, mußte man nicht unbedingt riechen, auch wenn es manchmal unvermeidlich war! Für einen Happen zusätzliches Futter aber nahm er es in Kauf

*

Der eigene Chef

Eines Morgens, als die Fischer zurück in den Hafen kamen, wartete neben Chico auch der alte Pedro auf sie. Müde und kränklich sah er aus, so garnicht mehr nach Sonne, Wind und Meer! Nachdem er den Fang begutachtet hatte, sagte er zu Bonito, dass alle es hören sollten:
„Bonito, Du bist ein guter Fischer geworden! Deshalb soll dir ab heute mein Boot gehören, auf dem du zu bestimmen hast!"
Sie alle trauten ihren Ohren nicht, besonders Bonito! „Aber du …?", antwortete er. „Was ist mit dir? Willst du nicht mehr

mit uns darauf hinausfahren? Ach, komm, Pedro! Bald wird es wieder werden"! ermunterte er ihn.

„Ich bin zu alt und kränklich geworden für diese anstrengende Arbeit, Bonito. Man muss spüren, wenn man mit einer Sache Schluss machen muss. Bei mir ist die Zeit gekommen! Nein, es bleibt dabei, was ich gesagt habe. Das ist mein letztes Wort!" entgegnete Pedro entschlossen, ging auf seinem Stock dahin und setzte sich auf eine Hafenbank.

Auf dem Boot gab es viel Arbeit; und noch bevor Bonito die Sache richtig begriffen hatte, und sich bei Pedro bedanken konnte, war dieser gegangen. Später, erst auf dem Heimweg, begriff er. Mein Gott: ein eigenes Fischerboot?! „Dann bin ich mein eigener Chef?! sagte er zu Chico und klopfte ihm kräftig auf die Schulter.

Was wird Amalia zu diesem Wunder sagen? Gleich heute werde er sie bitten, einen Kuchen zu backen, den er dem guten alten Pedro bringen werde. Morgen noch! Ja, Morgen!

Bald verdiente Bonito gutes Geld. Und für Amalia war die Zeit gekommen, nicht mehr täglich über den Reparaturarbeiten der Wäsche anderer Leute an der Nähmaschine sitzen zu müssen, um das Geld für ihre kleine Familie zu verdienen. So kam es recht, dass Bonito nun endgültig die Rolle des Versorgers übernahm.

Er arbeitete hart von früh bis spät und bezahlte seine Helfer auf dem Boot gut, damit sie gern bei ihm blieben. Es waren alles Männer aus den armen Gassen, die von jung an an harte Arbeit und wenig Geld gewöhnt waren. Aber sie waren ehrlich und gut. Und sie verstanden etwas von ihrer täglichen Arbeit. Das alles war die Hauptsache!

Bonito war der Chef. Als hätte das auch Chico begriffen, kam es wie es eines Tages kommen mußte: Auch Chico wurde zum Seefahrer! Schon in der halben Nacht war er deswegen mit Bonito aufgestanden und mit durch die Tür gehuscht. In der Dunkelheit und dem spärlichen Licht im Fischerhafen hatte keiner den dunklen Hund bemerkt, der sich heimlich mit an Bord geschlichen hatte.

Für Chico war es ein spannendes Abenteuer, dem er in Zukunft nicht mehr widerstehen wollte. Zu oft hatte er vom Steg aus allein auf das Meer schauen müssen, ohne einmal mitkommen zu dürfen. Beim ersten Mal hatte er sich an Bord erst einmal in einen versteckten düsteren Winkel verkrochen. Doch als die Sonne aufging, und alles mehr und mehr erhellte, war er ans Tageslicht gekommen. Angestarrt hatten sie ihn. „Ja, was haben wir denn da? Wie hast denn du verrückter Hund das geschafft?" fragten sie ihn. Und „Chico!" schrie Bonito. „Was fällt denn dir ein? Was soll das? Was willst du hier?" fragte er ärgerlich. „Hock dich bloß dahin! Das ist keine Vergnügungsfahrt mit Streicheleinheiten und belegten Broten". Chico begriff, dass er nicht stören durfte und ging zurück an seinen Platz. Doch er blieb bei seinem Vorhaben. Nacht für Nacht verließ er mit Bonito das Haus, um wie ein Mannschaftsmitglied aufs Meer hinaus zu fahren.

Weit draußen in der Bucht leuchteten bei Nacht die kleinen Lampen der Fischerboote, gerade hell genug, dass jeder den Stand des anderen sehen konnte. Man kam sich nicht näher. Aber gegen Morgen, wenn ein Boot dem anderen an Land folgte, wurden sie wieder zur Gemeinschaft.

Im Hafen wurde zuerst der Fang nach Art der Fische sortiert, und dann an die Köche der Hotels und an die Händler vom Fischmarkt verkauft. Es wurde geboten und gehandelt, bis einer von ihnen nachgab und in den Preis einwilligte.

Danach, wenn die Boote gereinigt waren und die Netze bereit lagen, saßen die Fischer zusammen. Jeden Tag aufs Neue vernähten sie die Löcher ihrer Netze, die scharfe Korallen und spitze Muscheln gerissen hatten. Dabei unterhielten sie sich über die Neuigkeiten, die alle interessierten. Man gab sich Tipps –aber nicht zu viele!- wo sich noch diese oder jene Fischart aufhalte; sprach über die Gefahrenquellen, die Strömungen; auch über die momentanen Preise und die Händler; über die geplanten Neuerungen und Gesetze im Hafen, und, und ...

Es wurde auch über das Leben gesprochen, über Freuden und Leid, und auch über schöne Frauen, wo sie zu finden wären.

„Die aus der Stadt sind die schönsten!" sagte der junge Jonny vom Boot des Alvarez, und geriet ins Schwärmen.

„Aber die aus dem Hochland sind die besten!" fand der alte Miguel. „Das sind Frauen für ein ganzes Leben!" betonte er. Einige von ihnen hatten eine Hochlandfrau. Sie waren fleißig, konnten gut kochen und Kinder erziehen. Was wollte man mehr!?

*

Das gesuchte Glück

Bonito hörte sich die Redensarten der Fischerkollegen an und schwieg. Was hätte er auch dazu sagen können? Aber im Stillen dachte er dabei an die Prinzessin der Puppenspieler. Sie war so schön gewesen; aber gut kochen würde sie nicht können, wenn es sie wirklich gäbe. Es war eben ein Märchen! Und er war erwachsen! Fast schämte er sich bei dem Gedanken daran, dass er sie noch in Erinnerung hatte. Letztendlich kam ihm aber der Gedanke, dass eine gute Frau auch für ihn sehr wichtig sei. Amalia war alt geworden, und ihre Kräfte hatten nachgelassen. Eine Unterstützung wäre gut für sie. Aber eine Hochlandfrau müßte man finden!

Zu Hause besprach er es mit Amalia. Sie lächelte dazu und meinte, es sei ein guter Gedanke. „Fahr aus der Stadt heraus und ins Hochland hinauf!" sagte sie. „Dort miete dir einen Esel, mit dem du von Dorf zu Dorf reiten kannst. Die dortigen Esel sind robust und mit dem Hochland vertraut. In den Dörfern gibt es zu essen und zu trinken. Das sind freundliche Leute!"

Bonito tat, wie Amalia ihm geraten hatte. Tagelang war er unterwegs. Der Esel Joppa, den er gemietet hatte, war willig und geduldig, wenn er anhielt, irgendwo einkehrte und mit den Leuten sprach.

Es waren nette, freundliche Menschen, die in allem behilflich sein wollten. Bei ihnen wird sich eine Frau finden lassen, die ich mag, dachte Bonito, und war zuversichtlich.

Amalia hatte recht: die Menschen der Hochlanddörfer waren anders als die in der Stadt. Während sie dort teilnahmslos an einem vorbeiliefen, nahmen sich diese hier Zeit für ihn. Sie schenkten ihm eine Schlafstätte, Essen und sogar Wein, setzten sich ruhig zu ihm hin und unterhielten sich mit ihm. Einige waren neugierig auf das Leben in San Marcos, weil sie dachten, dort besser leben zu können, besonders die Jungen. Das Stadtleben schien ihnen glanzvoll und abwechslungsreich. Dort lebte man frei und sorgenlos, dachten sie. Was sollte er dazu sagen?

Bonito sah, wie sich die Eltern grämten, weil ihre Kinder das Dorf verlassen wollten. Sie hatten sich ihr halbes Leben lang geplagt, um ihnen auf ihrem Land eine gesicherte Existenz zu schaffen. Er stellte fest, dass sich die jungen Menschen in ihrer Unerfahrenheit ein anderes Leben in der Stadt rosarot und einfach vorstellten. Sie glaubten daran, dass ihre schönen Träume dort Wirklichkeit würden. Er aber, Bonito, hatte in seinem Leben selbst begriffen, dass man für Träume, die wahr werden sollten, erst hart arbeiten und auf Vieles verzichten mußte. Und trotzallem hätte er es bis heute nicht zu einem eigenen Fischerboot gebracht, wenn ihm der alte, gute Pedro nicht das seinige geschenkt hätte!

Er sprach mit ihnen über sein einfaches, hartes Leben und das der Fischer im Hafen. Auch über die reich gewordenen Händler, die ihr Geld aber oft nicht nur mit gerechter Arbeit verdienten, weil sie die schwer arbeitenden ärmeren Menschen ausbeuteten. Sie waren reich geworden, weil sie überall nur ihren Vorteil sahen. So war es immer und überall. Früher wie heute! Den armen Männern aus den dunklen Gassen war es ebenso ergangen. Wie hart und entbehrungsreich hatten sie auf den Zuckerrohrfeldern arbeiten müssen, um sich ihre kleinen bescheidenen Häuser bauen zu können, wie Amalias' Vater.

„Der Glanz einer großen Stadt ist trügerisch!" sagte er ihnen. „Laßt euch nicht täuschen! Ihr seid einfache, ehrliche Menschen. Alles Prächtige und Schöne ist verlockend. Aber wenn man das Stadtleben mit all seinen Angeboten genießen will, muss man hart dafür arbeiten. Erst dann können sich Träume erfüllen! Und mit der erhofften großen Freiheit in einer Stadt, in der einen niemand kennt, muss man umgehen können. Auch da kann man sich nicht nach Lust und Laune ausleben. Es würde schaden und kein gesundes Leben sein. Auch dort gehen die Menschen jeden Tag zur Arbeit, um sich das Geld zu verdienen, das sie für ihr Leben brauchen: zum Bezahlen ihrer Wohnung, für Essen und Kleidung. Bei dem, der keine gute Arbeit hat, reicht es nicht noch für ein Vergnügen!" sagte er den jungen Menschen, die hier zu Hause alles hatten, was sie brauchten.

„Man muss auch eine große Stadt und ihre Menschen kennen- und verstehen lernen, um sich anzupassen. In einer Hafenstadt, in der jeden Tag zusätzlich viele Fremde kommen und gehen, ist es noch etwas schwieriger", fand Bonito. „Überhaupt: die vielen Menschen untereinander sind sich fremder als die hier in einem Dorf, wo man sich seit der Kindheit kennt. In der Großstadt werden deshalb viele Menschen einsam.

Das Leben in einer kleinen Gemeinschaft hat etwas Gemütliches. Außerdem ist das Heimat, wo man sich kennt und sich gegenseitig hilft!" sagte Bonito, um die jungen Menschen davon abzuhalten, ihr schönes Hochland des Geldes und des Vergnügens wegen, zu verlassen. „Dieses Land braucht eure Hilfe, damit es erhalten bleibt!" gab er ihnen zu bedenken.

Und die erfahrenen älteren Menschen stimmten ihm zu.

„Aber Kameradschaft und Freundschaft gibt es doch auch da, wo du bist! Du siehst es ja an den Fischern!" warf einer der jungen Männer ein.

„Ja, natürlich!" antwortete Bonito. „Aber es dauert länger, bis man sich kennt und sich richtig vertrauen kann, als hier".

Auch der junge Carlos nahm nicht alles hin und rief:

„Zudem gibt es viel mehr Möglichkeiten in einer Stadt, Geld zu verdienen!

Ach, das Geld! Es war in ihren Köpfen!

Bonito gab ihm Recht. „Das ist wahr! Doch eine gute Arbeit findet sich auch dort nicht so leicht!" meinte er. „Du mußt dich etwas auskennen und Glück haben! Hier kann man die Arbeit auf dem schönen Land eurer Väter sehen. Und darauf läßt sich auch in Freiheit arbeiten. In der Heimat lebt es sich sicher und gut!" mahnte er noch einmal.

Bonito sah, dass die älteren Menschen ihn verstanden. Immer wieder nickten sie mit dem Kopf. Wo er sie so vor sich sah, fühlte er sich zurückversetzt in seine frühe Kindheit. Damals im kleinen Bergdorf, das es nicht mehr gab, hatten sie genauso mit den Alten zusammen gesessen und geredet.

Und für einen Moment war alles wieder da, und auch der Schmerz der Kindheit, die Bergwiesen, die er als sein Land geliebt hatte, und die Menschen - alles, was Heimat für ihn gewesen war - verloren zu haben.

Vielleicht verstand er diese Menschen hier deshalb so gut? Es machte ihn traurig.

Über das Reden vergingen Tage. Bonito vergaß fast darüber, warum er auf diese Reise gegangen war. Eine passende Frau hatte er nicht gefunden. Diejenigen, die ihm gefallen hatten, waren schon vergeben, und die ganz jungen schienen ihm zu jung. Einige von ihnen suchten auch ein anderes Leben in der Stadt, als er ihnen bieten konnte. So entschloss er sich, heimzufahren und weiter mit dem Leben zufrieden zu sein, das er hatte. Auch das war ja schon ein Glück.

Auf seinem Esel unterwegs ins letzte Dorf aber geschah das Wunder: Er begegnete Anita! Sie war aus den Hochlanddörfern unterwegs nach San Marcos, um sich auch ein besseres Leben zu schaffen. Müde stapfte sie über den sandigen Weg mit einem Bündel auf dem Rücken, in dem sie ein Kind trug. Bonito ritt neben sie und bot ihr seine Trinkflasche mit Wasser an. Sie sah erschöpft aus und tat ihm leid.

„Komm", sagte er, „steig du mit deinem Kind auf den Esel. Auch ich will nach San Marcos. Ich kann dich mitnehmen!" Sie nickte dankbar. Dann gingen sie zusammen und sprachen miteinander. Er erfuhr, dass sie „Anita" hieß und das Kind „Carmelita".

Bonito gefielen die beiden, und er fühlte sich seltsam wohl in ihrer Gesellschaft. Es war ein angenehmes Gefühl, das er so bisher nicht kannte. Anita wirkte mit ihrem stillen freundlichen Wesen sehr anziehend auf ihn. Er spürte die heiße Sonne des Hochlandes nicht mehr, die vom Himmel brannte, den immerwährenden Durst, den staubigen weiten Weg und seine eigene Müdigkeit. In seinem Herzen war keine Hoffnungslosigkeit mehr, mit der er dachte, zurück zu Amalia kommen zu müssen, sondern helle Freude. So hell wie der Tag! Anita hatte ihn verzaubert, wie damals die kleine Prinzessin der Puppenspieler. Und sie war genauso schön!

Bonito nahm sie mit als seine Prinzessin in die Zuckergasse Nummer 10. So wie er, wußte auch Amalia gleich, dass er mit Anita seine Hochlandfrau gefunden hatte.

Auch Anita und ihre kleine Carmelita lernten wieder das Lachen und Glücklichsein im Haus von Amalia. Ebenso wie einst Bonito und Chico fühlten sie sich geborgen, weil sie geliebt wurden. Mit der kleinen Carmelita war neues junges Leben in die Zuckergasse 10 eingezogen, und Freude ins Herz der alten Amalia, die zur Abuela - Großmutter geworden war. Selbst Chico ging den ganzen Tag wedelnd daher.

Ja! In der dunklen Gasse war es mit einem Schlag heller geworden. Bonito hatte die Sonne mitgebracht!

*****

~ Für meinen Enkel Robert ~

Ich bin Freddi

- Gedanken eines Hundes -

Ich bin Freddi

Hallo, grüß' Dich! Ich bin Freddi! Aber mein richtiger Name ist „Frederik vom Donnerberg".
Auf dem Donnerberg wurde ich geboren, und dort habe ich auch meine Kindheit und Jugend verbracht. Die Hütte vom alten Sepp, in der wir alle wohnten, liegt hoch in den Bergen; das heißt: sie liegt nicht, sie steht da! Die Menschen sagen nur so.
Der Sepp ist ein Hundefreund. Mit ihm läßt sich gut leben. Er liebt Hunde; denn er hat sonst niemanden, den er noch lieben könnte. Ohne Hunde wäre er wahrscheinlich einsam.
Seine Hütte ist weit weg vom Dorf, und nur selten kommen andere Menschen in dieser Höhe vorbei. Die nächsten Höfe an den Berghängen sieht man zwar, aber sie sind weit voneinander entfernt. Auf ihnen leben heute meine Geschwister: die Berta und die Heidi. Der Xaver, der mein Lieblingsbruder ist, lebt auf dem Laubeneck-Hof.
Nur meine Mutter und der Billi sind auf dem Donnerberg geblieben. Der Sepp hat den Jüngsten „Bill" genannt, weil er immer die Romanhefte über Bill Jenkins gelesen hat. Darin war der Bill ein Held im wilden Westen. Dem Sepp hat er gefallen. Aber unser Billi ist kein Held geworden, wie es sich der Sepp vorgestellt hat. Im Gegenteil: Er war der Schwächste und Ängstlichste von uns allen. Jedenfalls im Vergleich zu dem Xaver und mir! Trotzdem blieb er der Liebling vom Sepp, weil er eben das Sorgenkind war, das viel Liebe und die Mutter brauchte. Daran hängt man.

Was hatten wir für eine schöne Zeit miteinander! Wenn ich daran denke! Wir nahmen die ganze Umgebung ein, bis zu den Bergen. Es machte uns große Freude, den Gämsen nachzuklettern. Natürlich waren sie viel besser im Klettern, und viel schneller als wir. Mit ein paar Sprüngen im Fels waren sie schon oben und spuckten auf uns herab. Die Gamsmütter sahen es garnicht gern, wenn wir jungen wilden Hunde kamen, um mit ihnen zu spielen. Dann riefen sie gleich ihre Kitze zusammen und sprangen nach oben. Der Xaver ist ihnen einmal nachgeklettert und kam nicht mehr herunter. Auf einem Felsvorsprung hat er gestanden und gewimmert, bis ihn der Sepp später heruntergeholt hat. Oh, war das spannend! Die beiden hätten sich den Hals brechen können! Hat der Sepp geflucht! Unterwegs hat er uns erklärt, dass wir in Zukunft die Gämsen in Ruhe lassen müßten; wir hätten eh keine Chance, ihnen im Berg nachzuklettern.

Wußtest du, dass sie Klauen haben, die am senkrechten Fels haften, wo wir als Hunde abrutschen würden? Kein Wunder, dass sie solche Kunststücke fertigbringen!
Wir jedenfalls schienen es zu begreifen; denn ab dem Tag ließen wir sie unter sich.

Schön und aufregend waren auch die Spielchen mit den fetten Murmeltieren. Aber auch sie waren schneller als wir. Und irgendwie schlauer! Dachte man, da läge eines faul und schlafend in der Sonne, und würde einen heranschleichenden Hund nicht bemerken: weit gefehlt! Ein Pfiff, und weg war es in einem Bau! Ihre Schnelligkeit und Schlauheit hat besonders den Xaver und mich geärgert; denn wir waren auch nicht die Dümmsten. Wie die Murmeltiere haben auch wir uns eine Strategie überlegt und hätten sicher Glück damit gehabt, wenn nicht irgendwo draußen ein Murmeltier-Wächter gestanden hätte. Er verpfiff uns jedesmal! So ein Pfiff erschreckt die Stille. Er geht dir durch Mark und Bein.

Ach, diese Murmelies! Dabei sind sie so niedliche, lustige Tiere! Sie wären die tollsten Spielkameraden gewesen für junge Hunde! „Auch dieses Spiel ist Hunden verboten!" hat der Sepp gesagt. „Es steht unter Strafe, wenn man sich nicht daran hält!"

Wer sagt denn, dass wir sie fressen wollen?

In ihren Bau kommen wir sowieso nicht hinein. Da können wir graben solange wir wollen! Selbst wenn es uns einmal gelingen würde, wären sie durch einen ihrer vielen Gänge an anderer Stelle nach draußen entkommen. So schlau sind sie!

Der Xaver hat das Loch einmal ganz verbissen zu weit ausgegraben, weil er sie schon so nah gerochen hat. Als er den Kopf hineinsteckte, hat ihn der Murmeltiervater in die Nase gebissen. Das hat weh getan und sogar geblutet. Bei den langen Zähnen!

„Das schadet dir nichts, Xaver, du wilder Hund"! hat der Sepp gelacht. „Mußt' auch deine Nase in alle Löcher stecken!"

Ich glaube, dass niemand sonst so gute Höhlen bauen kann wie die Murmeltiere. Den ganzen Winter lang, bis im Frühling der Schnee geschmolzen und das frische Gras gewachsen ist, schlafen sie alle zusammen darin. Ohne zu fressen! Wie die Bären es machen. Das wäre für mich undenkbar!

Was bin ich froh, dass ich kein Murmeltier geworden bin! Aus verschiedenen Gründen. Sie haben auch viele Feinde: den Fuchs zum Beispiel, und den Steinadler. Einmal habe ich gesehen, wie ein Adler ein junges Murmeltier gefangen hat. Es hatte nicht auf den Warnpfiff gehorcht und war zu weit weg gelaufen. Er hat es in einem Sturzflug mit seinen spitzen Krallen gepackt und davongetragen. Hoch durch die Luft hat er es zu seinem Horst in den Felsen mitgenommen.
Ja ja, der Adler! Ich glaube, er wäre imstande, sogar einen Hundewelpen zu schnappen, wenn die Mutter nicht dabei wäre. Weil sie uns beschützte, solange wir klein waren, und auch der Sepp das getan hätte, haben wir uns sicher gefühlt.

Damals wurde auch ein neugeborenes Zicklein auf der Bergwiese vom Sepp gestohlen. Seine Mutter war noch zu schwach gewesen, ihm zu helfen. Der Sepp war über den Verlust mächtig verärgert. Der Adler hatte Junge im Horst; deshalb brauchte er soviel Futter.
Aber als eines Morgens auch noch zwei Hühner aus dem Gehege fehlten und nur noch die Federn herumlagen, hat der Sepp getobt. Zum Himmel hoch hat er geflucht:
Als „Hühnergeier!" hat er ihn beschimpft: „Warte, wenn ich dich mal erwische!"
Wir Welpen haben uns brav miteinander hingesetzt und die Ohren angelegt. Wenn der Sepp böse wurde, hatten wir Respekt.
Meine Mutter war es, die uns auf eine andere Idee brachte. Schnüffelnd, und mit hochgestelltem Rückenhaar, ging sie rings um das Hühnergehege und blieb vor einem kleinen Loch

stehen. Dann schnüffelte sie sich durch bis an den Waldrand, und wir ahnten, dass sie keinem Adler auf der Spur war. Ab dem Moment dachten wir Hunde anders über die Sache mit den Hühnern. Konnte der Sepp zum Himmel hoch schimpfen oder nicht: Der Dieb war ein Fuchs!

Wir mit unseren feinen Nasen konnten die Gerüche im Moment besser unterscheiden als der Sepp. Der Gestank eines Fuchses ist für uns unverkennbar. Aber das ist er letztendlich auch für den Sepp. Als meine Mutter vom Waldrand zurückkam, begriff auch er es und nickte mit dem Kopf.

Meine Mutter ist keine Freundin von Füchsen. Einmal hat sie sich mit einer Fähe, einer Füchsin, die Junge hatte, gebissen. Es muss heftig gewesen sein; denn seitdem hängt ihr durch eine Verletzung eine Lefze etwas herunter. Verständlich, dass sie sauer auf Füchse ist. Einen Feind vergißt man nicht!

Das ist so ziemlich alles, was es an größeren Tieren da oben gibt, außer den Hirschen. Sie sind harmlos und ziehen in kleinen Herden über die Bergwiesen, aber nur morgens sehr früh und am Abend, weil sie menschenscheu sind. Nur im Herbst, im Oktober, wenn sie in der Brunft sind, d.h. eine Partnerin suchen, wird es ungemütlich unter ihnen. Ihr lautes, dumpfes Röhren, das Rufen, schallt kilometerweit durch die Wälder. Damit kündigen sie einem Rudel an, dass sie kommen und sehr stark sind. Es ist auch eine Warnung an einen Rivalen, sich nicht mit ihm anzulegen.

In den Wäldern am Donnerberg wohnen auch zwei Eulen. In der Dunkelheit rufen sie sich etwas zu; aber ich weiß nicht was. So haben alle Tiere eine Sprache, die nur sie selber verstehen. Eulen haben gute Augen, die sogar in der Nacht scharf sehen können. Manchmal tun sie so, als ob sie schlafen, aber in Wirklichkeit sehen sie jede kleine Maus im Wald. Und das in der Nacht! Super, diese Eulen!

Eigentlich sind sie ja unberechenbar, zumindest für die Mäuse. Aber ich habe nichts gegen sie.

Auf dem Donnerberg gibt es keine Tiere, die mir unsympathisch wären. Außer den schwarzen Schlangen an der Wasserstelle! Meine Mutter hat es nicht gern gesehen, wenn wir in ihrer Nähe waren. Aber den Xaver haben sie besonders gereizt, und am Anfang auch mich. Die aufregendsten und gefährlichsten Spiele, die wir mit allen Tieren hatten, waren die mit den Schlangen. Sie sind noch unberechenbarer als jedes andere Tier. Still und leise liegen sie in der Sonne, oder schleichen sich heimlich heran. Und wenn man ihnen dann zu nahe kommt, dann geht es blitzschnell.

Der Xaver war, wie immer, der mutigste! Einem gefährlichen Abenteuer mit ihnen konnte er einfach nicht widerstehen. Er fühlte sich schon herausgefordert, wenn sie ruhig dalagen und ihn mit ihrem starren Blick ohne Regung ansahen, und nicht verrieten, ob sie böse waren oder nicht. Manchmal wagte er es, sie in den Schwanz zu beißen. Wenn sie sich dann wehrten, packte er sie in der Mitte und schleuderte sie durch die Luft. Eine Schlange ist sehr schnell; aber der Xaver war genauso schnell. Junge, hat der eine Reaktion gehabt!

Bis auf einmal! Da hatte er großes Pech: eine giftige Otter erwischte ihn am Bein und hat mit ihren spitzen Giftzähnen zugebissen. Das Bein ist ganz dick geworden, und der Xaver konnte nicht mehr laufen. Am Abend hat er sogar Fieber bekommen, und er wollte nicht mehr fressen. Und Schmerzen hat er gehabt, der Xaver! Sie haben ihn ganz fertig gemacht. Am anderen Morgen hat dann der Sepp seinen Schnaps genommen, etwas davon über das Bein gegossen und selbst davon getrunken. Den Rest hat er dem Xaver in den Hals gegossen. Aber dem hat er nicht geschmeckt, und er hat ihn ausgekotzt.

Dann ist der Sepp mit dem Taschenmesser gekommen und hat mit einem kurzen scharfen Schnitt das Bein aufgeschnitten, damit das Gift herauskommt. Wir alle haben es gesehen und das Jammern vom Xaver gehört, das ich nie mehr vergessen werde. In der Nacht haben sich meine Mutter und wir neben den kranken Xaver gelegt, um ihn zu trösten. Ab und zu habe ich ihm übers Gesicht geschleckt.

Der Xaver ist wieder gesund geworden; aber seitdem hinkt er auf dem Laubeneck-Hof herum. Eigentlich hatte ihn eines Tages der Laubeneck-Bauer deshalb garnicht haben wollen, sondern mich. Doch der Sepp hat ihm gesagt, dass der Xaver der stärkste und mutigste von uns wäre, und dass das Hinken sicher noch vorbeigehe. Er wollte ihn nur los werden. Der Laubeneck-Bauer hat ihn dann mitgenommen, weil „du so ein so kluger, starker und mutiger Hund bist", hat er zum Xaver gesagt. Mittlerweile haben sich die beiden sogar angefreundet, und der Xaver darf sogar mit dem Bauern auf dem Traktor hinausfahren. Der Sepp ist ihnen einmal begegnet. Da saß der Xaver auf dem Sitz neben dem Laubeneck-Bauern.

Seit er nun der zweite Chef auf dem Laubeneck-Hof ist und seine Arbeit gut macht, macht das Hinken dem Bauern und auch dem Xaver selbst nichts mehr aus, glaube ich. Ich kann mir vorstellen, wie er hinkend überall umhergeht, um den Hof und auch das Vieh auf den Bergweiden zu bewachen. Er wird immer noch wachsam sein, vielleicht noch viel mehr als damals, und den ganzen Betrieb im Auge haben. Dem Xaver geht nichts durch! Mit Schlangen aber wird er sich wohl nicht mehr anlegen. Übrigens: auch die hatten damals begriffen, dass sie in unserer Gegend nichts zu suchen hatten. Oder aber der Sepp hatte dafür gesorgt. Wir Hunde jedenfalls haben nie mehr eine von ihnen gesehen.

Immer wenn ich an meine Kindheit denke, bekomme ich Heimweh nach dem Donnerberg. Es geht mir zwar gut in meinem Scheiß-Langweiler-Leben, in dem ich: „Fredderik vom Donnerberg" behütet werde wie ein Schoßhund, was eigentlich zum schämen ist!
„Freddilein" sagt die Gerda manchmal zu mir. Oder „Spatzl". Drinnen im Haus bin ich großzügig und rege mich nicht mehr darüber auf. Aber wenn sie es draußen vor anderen Hunde-Kollegen in der Öffentlichkeit sagt, reagiere ich einfach nicht darauf, als wäre ich nicht gemeint, so geniere ich mich.

Ach ja, die Gerda! Früher konnte ich auch frei verfügen über meinen Pelz. Ich habe ihn gesäubert, wenn ich das Bedürfnis danach hatte, entweder mit der eigenen Spucke, oder in einem Bad in der Pfütze. Ich konnte mich in Fuchskot oder Ziegenmist wälzen und zeigen, dass ich ein verwegener Bursche war.
Und heute …? Nichts mehr von alledem! Wenn ich als Stadthund mal eine gute Stelle erwische, werde ich gleich von der

Gerda wie ein Schmutzkerl behandelt und geduscht.
Gegen meinen Willen!
Brummend zeige ich ihr manchmal sogar meine Zähne, wenn es mir zu bunt wird, und mache mich ganz steif. Aber sie tut es trotzdem und bringt es fertig, mich danach noch mit irgendeinem abscheulichen Duftspray zu besprühen.
Respektlos, sage ich nur! Völlig respektlos! Wirklich, die Gerda übertreibt es! Sie nimmt mir noch meine persönliche Note.
Der Hans, der erste Chef im Haus, ist da anders. Er versteht etwas mehr von Hunden. Aber er ist den ganzen Tag zur Arbeit. Morgens früh, wenn er seinen Bürokoffer nimmt, begleite ich ihn noch bis zur Tür. Dann muss ich dort warten, bis die Gerda endlich fertig ist mit Waschen, Frisieren und Anziehen, ein Teil auf das andere. Oh, wie sind die Menschen verhätschelt! Ich habe nur mein Fell, mein einziges Bekleidungsstück. Mit dem geh ich durch Wind und Wetter, und das reicht! Aber die Gerda trägt jeden Tag ein anderes Kleid auf ihrem empfindlichen Körper. Und noch eine Jacke obendrein.
Eigentlich könnte ich auch allein Gassi gehen, und gleich mit dem Hans. Stattdessen liege ich hinter der Haustür und halte ein. Man bräuchte mir nur die Haustüre zu öffnen; meinen Weg würde ich schon allein finden, und auch überall ein geeignetes Plätzchen, wo gerade keiner hinschaut. Auch Hunde können sich genieren.

Gestern hat mich die Gerda mit in die Stadt genommen. Vor einigen Geschäften hat sie mich draußen angebunden und ist allein hineingegangen.
Da kann unsereins denn warten. Frauen brauchen viel Zeit!

Der Hans hat das noch nie gemacht. Wenn er mit zum shoppen geht, bleibt er bei mir stehen und wartet ebenso geduldig.
Gestern durfte ich in einen Laden mit hinein. „Zum Anprobieren!" hat die Gerda gesagt. Ich habe ein neues Halsband bekommen: ein silbernes, mit Silberstacheln darin! So eine Schikane!
„Ja, Freddi", sagte die Gerda: „damit du in Zukunft nicht mehr so ziehst und langsamer gehst!"
Wie nett! Da wird man mal mit hineingenommen, und dann sowas! Weißt du, wie das Ding funktioniert? Geht man nur einen Schritt schneller als dem Menschen lieb ist, stechen die Stacheln ins Fell. Etwas Schönes hat sie sich da ausgedacht! Von wegen „Spatzl"!
Dass ich das Ding tragen muss kommt nur davon, dass die Gerda so trödelt und überall stehen bleibt. Mit ihr komme ich nicht voran. Mit dem Hans schon! Der hat einen schnellen Schritt; da brauche ich dieses Band nicht.

Am liebsten ist mir, wenn ich mit dem Hans zum Angeln gehen darf. Dabei haben wir beide unsere Freiheit. Während er angelt, stromere ich in der Umgebung herum, fast wie früher am Donnerberg. Das macht mich glücklich!
Endlich wieder Natur pur! Ohne Freddilein, ohne Spatzl, ohne Verbote!
Und wenn der Hans den Angler-Rucksack auspackt, verspeisen wir zwei in Ruhe alles, was er an Essbarem eingepackt hat. Allein schon deshalb gingen wir jeden Tag angeln, egal, ob der Hans Beute macht, oder nicht! Freiheit ist alles!
Der Hans ist auch nicht so empfindlich wie die Gerda. Wenn

ich vor der Heimfahrt hinten ins Auto springe, rubbelt er mich kräftig mit rauen Grasbüscheln ab, damit ich nicht so ein „Saubär" bin wenn wir heimkommen. Aber das Wort sagt er ganz liebevoll zu mir. Ach ja, den Hans liebe ich schon allein wegen des Angelns.

Ich mag es auch, wenn wir im Fernseher zusammen Krimis anschauen. Dann bin ich dabei! Währenddessen sitze ich vorm Fernseher, um alles genau zu verfolgen. Ich bleibe ganz ruhig. Aber sobald eine auf mich gerichtete Pistole auftaucht, packt mich der Zorn. Da bin ich wie der Xaver. Ich knurre, belle, und meine Rückenhaare richten sich auf. Manchmal springe ich sogar den Angreifer im Fernseher an. Der Hans amüsiert sich darüber, und die Gerda schimpft. Am Ende verbietet es mir der Hans, weil der Apparat kaputt gehen könnte. Doch es reizt mich immer wieder von neuem.

Im letzten Sommer wollten die beiden verreisen. Irgendwohin, wo ich nicht mitkommen könne. Nachdem sie hin und her überlegt hatten, wie sie mich in der Zeit loswerden könnten, entschied sich die Gerda für eine Tierpension. Aber die Pension war zu teuer. Dann fürs Tierheim. Das hat mich sehr erschüttert, sage ich dir. Im Geheimen nahm ich mir schon vor, vorher auszureißen. Bei der Gerda an der Leine wäre es ein Leichtes. Nein, nein! In einem Käfig mit anderen Verlassenen eingesperrt zu werden, kam mir schrecklich vor. Das würde eine Beißerei werden; denn jedes Tier, das in der Enge ist, wird böse. Ich gehöre zu denen, die es nicht vertragen.
Andere dagegen legen sich in eine Ecke und fressen und trinken nichts mehr.

Auch das wollte ich nicht. Ich bin ein Typ, der seine Freiheit braucht. Und auch seine Mahlzeit!
Der Sepp vom Donnerberg würde das nie tun, weil er mit den Tieren empfindet und selbst die Freiheit liebt!

Es schien beschlossene Sache zu sein; sie diskutierten nicht mehr darüber. Komisch, dass auch der Hans es so wollte!
Aber das kennen wir ja: die Gerda beschließt und der Hans muss „ja" sagen!
Da ich wohl nichts dagegen machen konnte, verweigerte ich auch der Gerda das Futter; und das soll viel bedeuten bei meiner Verfressenheit! Daraufhin schimpfte sie mich aus. Und als ich hartnäckig blieb, bettelte sie:
„Bitte, lieber Freddi ...!", und machte sich Sorgen.
Aber es waren keine echten Sorgen um mich, nein! Sie hatte Angst, die Reise nicht antreten zu können.
„Er wird doch nicht noch krank werden, wo wir jetzt fahren wollen", sagte sie zum Hans, als er heimkam. „Das fehlt jetzt noch! Ich bin schon nervös genug vor dem Flug!" beklagte sie sich.
Der Hans hat mich angesehen und sich neben mich gesetzt.
„Ach was, er ist nicht krank!" sagte er. Und zu mir:
„Freddi, mein Guter, was ist denn los?" fragte er ganz ruhig.
„Ich weiß", nickte er, „du willst nirgendwo anders hin und spürst, dass wir dich allein lassen wollen. Aber was sollen wir machen? Auf diese Flugreise kannst du nicht mitkommen. Es ist ja nicht für so lange Zeit, dann sind wir wieder da!"
Ich hörte, dass der Hans mich wenigstens verstand und setzte mich aufrecht vor ihn, um ihm in die Augen zu sehen.

Dass, was ich ihm sagen wollte, konnte ich nicht. Darum legte ich mein ganzes Bitten in meinen Blick und meine Pfote auf seine Knie.

Der Hans verstand meine Sprache. Er nickte wieder und meinte traurig: „Ich weiß, woran du denkst. Du willst zurück zum Donnerberg".

Meine Augen haben da sicher zu glänzen begonnen, als ich das Wort hörte, und mein Herz schlug freudig. Ich habe ihn nochmal, und immer wieder mit meiner Pfote getätschelt, damit er „ja" sagt.

„Das geht aber nicht!" erklärte er mir. „Du gehörst jetzt nicht mehr dorthin und bist an uns verkauft worden, weißt du.

Und verkauft bleibt verkauft! So ist das nun mal!" schloss er.

Ich mußte mich damit zufrieden geben.

Mein Verhalten muss ihnen wohl zu schaffen gemacht haben; und so wurde das Tierheim infrage gestellt. Gelöst haben sie das Problem mit mir, indem sie mich tags vor ihrer Abreise Hals über Kopf zu einer Freundin von der Gerda brachten. Sie hatte eine Familie mit Kindern und auch einen Hund: die Pudelhündin „Leila". Die Kinder freuten sich am meisten als ich kam, aber nicht die Leila. Verwöhnt und eitel, wie sie war, und ebenso empfindlich, wurde sie natürlich eifersüchtig. Sie gönnte mir nichts! Keine Streicheleinheit, und nicht einmal das Futter! Das kleine Biest!

Spielten die Kinder mit mir, und ich hatte auch meine Freude daran, schnappte sie nach mir. Kam ich nur an ihrem feinen Nest vorbei, giftete sie mich an. Dabei war sie mir gleichgültig. So verwöhnte, eitle Weibchen sind sowieso nicht mein Fall.

Ich ließ sie links stehen. „Ich, Frederik vom Donnerberg, gebe mich nicht mit verzärtelten Hundepüppchen ab!", sagte ich zu ihr. Das beleidigte sie noch mehr.

Von der Frau des Hauses bekam ich gutes Futter, ein noch besseres als von der Gerda. Aber mein Fressnapf mußte in eine andere Ecke gestellt werden, weil die Leila mich nicht neben sich duldete. Sie war sogar so garstig, einmal während des Fressens angeschossen zu kommen, um mich ins hintere Bein zu beißen. Dieses Luder! Doch spätestens da mußte sie begreifen lernen, dass man den Freddi nicht grundlos in die Hinterbeine beißt. Ich erwischte sie am Ohr und hinterließ eine bleibende Lücke darin. Der Fetzen klebte mir zwischen den Zähnen. Jaulend lief sie sich beschweren, mit dem Ergebnis, dass ich ausgeschimpft und bis zum Abend in die Garage gesperrt wurde. Bereut habe ich es trotzdem nicht!

Der Vorfall dürfte wohl ein Grund sein, dass ich beim nächsten Mal nicht mehr in die Familie dieser Zimperliese gehen muss.

Und so kam es: Meine Herrschaften bekamen eine Diskussion mit den anderen, und es wurde sogar über Tierarztkosten und Schmerzensgeld für die verletzte Schönheit gestritten. Der Hans und die Gerda waren richtig sauer und ignorierten mich fast. Dabei waren sie letztendlich selber schuld an allem.

Inzwischen habe ich mit einem anderen Kollegen aus der Straße Freundschaft geschlossen. Der Hans und die Gerda haben nämlich einen Ausflug ins Grüne mit mir gemacht. Stundenlang sind wir durch Wald und Flur gewandert.

Endlich wieder draußen in der Natur!

Der Hans hat mich von der Leine gelassen und ich bin losgezogen. Ab und zu hat er nach mir gepfiffen; dann habe ich kurz angehalten und auf sie gewartet.

Bei diesem Ausflug begegneten uns die Leute mit dem „Leo" aus unserer Straße. Welch ein Zufall! Wir kannten uns bisher nur von Weitem; denn unsere Herrschaften trauten sich nie, uns von den Leinen zu lassen, um einander näher zu kommen. Der Leo und ich sind nämlich vom gleichen Kaliber. Wir sind zwar beide gezähmte Raufbolde, aber nicht unbedingt aggressiv.

An dem Tag waren wir ganz locker. Zuerst haben wir uns vorgemacht, wie hoch wir über Baumstämme springen und pinkeln konnten, und einer dem anderen gezeigt, wer der bessere Fährtensucher war, und wer die Kraft hatte, die schwersten Baum-Äste im Fang zu transportieren. Man ließ uns gewähren. „Das tut ihnen gut!" sagte der Hans zu seinem Nachbarn; und der sah es genauso. Die Frauen kümmerten sich überhaupt nicht um uns, zum Glück; denn Frauen sind ja oft anderer Meinung. Sie hatten mit sich zu tun und viel zu bereden.

Doch wir Hunde beschäftigen uns nicht nur miteinander, sondern wir reden und verstehen uns auf unsere Weise.

So erfuhr ich vom Leo, dass auch er nicht da geboren wurde, wo er jetzt lebte. Ich hatte es schon immer geahnt, dass er, genauso wenig wie ich, ein Stadthund war. Auch ihm ging der Autolärm auf den Straßen auf die Nerven und machte ihn gereizt. Nicht zu schweigen von dem Gestank der Autoabgase, wenn wir an den Ampeln warten mußten.

„Wir sind nicht so hoch wie die Menschen", sagte der Leo. „Uns steigen die giftigen Gase aus den Auspuffen direkt in die Nasen. Und die sind scharf! Das kann doch nicht gesund für unsereins sein!" klagte er.

Ich gab ihm Recht, wo unsere feinen Nasen doch mehr als zehnmal besser riechen können als Menschen-Nasen.

Wir stimmten überein, dass die Menschen recht egoistisch seien und viel zu wenig über uns nachdachten. Auch dem Leo war es vor kurzem während der Ferienzeit ähnlich ergangen wie mir: er war in einer Hundepension gelandet, die zwar nicht schlecht, aber ganz und garnicht nach seiner Vorstellung gewesen war. „Es war das letzte Mal!", sagte er entschlossen.

„Ja, die Menschen machen mit uns was sie wollen!" fand ich.

„Sie kaufen uns nicht mit allem Wenn und Aber, sondern wir müssen uns bei allen Gelegenheiten anpassen und fügen".

„So ist es!" war auch Leos Meinung. „Sie halten uns zu ihrem Vergnügen!" meinte er.

„Und wenn sie „Spatzl" sagen, wollen sie schmusen, weil ihnen danach ist. Wenn wir es aber wollen, haben sie keine Zeit".

Der Leo nickte. „Liebe ist doch etwas anderes!" sagte er. „Wenn sie uns so sehr liebten, würden sie mehr auf unsere Interessen und Bedürfnisse eingehen", fand er.

Er erzählte mir von einem Fall, wo es dem „Zorro" aus der Albertstraße miserabel erging. „Er wird geschlagen! Ich habe es selbst gesehen!" sagte er. „Das ließe ich mir nicht gefallen!"

„Ich auch nicht!" erwiderte ich aufgebracht. „Ich glaube, dann könnte ich nicht für meine Erziehung garantieren!"

Darin waren wir uns einig. Wie gut, dass wir nicht an solche brutalen Menschen geraten waren! Das wäre beim Leo und

und mir eine Katastrophe geworden!
Ich denke dabei an die Gerda. Die große Liebe ist es nicht gerade zwischen uns; denn ich bin nicht immer einer Meinung mit ihr. Einige Male hat auch sie damit gedroht, mir draußen die Leine um die Ohren zu schlagen. Ein Blick von mir hat bisher genügt, es sein zu lassen. Zum Glück hat sie ihn verstanden!

Als wir später vom Mauselochgraben völig verdreckt zurück zu unseren Herrschaften kamen, hatten wir wieder das gleiche Problem: „Oh, Freddi, du Ferkel, wie siehst du wieder aus! Mußt du denn immer so ein Saubär sein!" empfing mich die Gerda. Dem Hans dagegen gefiel ich.
Der Nachbar dagegen sah sich seinen Leo an und lachte: „Na, Leo, hast' dich wieder so richtig ausgetobt! Den Burschen spritze ich gleich mit dem Gartenschlauch ab, bevor er ins Haus kommt!"
Aber geschimpft hat er nicht! Auch die Frau nicht! Die Gerda sollte sich mal ein Beispiel an ihrer Großzügigkeit nehmen!

Zeit ist vergangen! Mindestens einen Monat, in dem ich zu Hause vor mich hingedöst habe! Draußen ist es verdammt heiß. Meine Geschäfte erledige ich an der schnellstmöglichen Stelle. Der Gerda ist es recht. Dann geht es wieder hinein.
Heute ist es wieder so schwül, dass ich nicht einmal mit dem Leo im Wald stromern möchte, obwohl ich es normalerweise gern täte. Wahrscheinlich liegt auch er zu Hause an einer kühlen Stelle und rührt kein Bein. Schade, dass wir keinen kleinen Teich am Haus haben! Wäre doch empfehlenswert, wenn man einen Hunde hat!

Ich halte es gut zu Hause aus an solchen Tagen. Doch manchmal nervt die Gerda:
„Komm, Freddi, auf geht's! Wir müssen raus!"
„Ja, ja, brummele ich. Aber ich will nicht. Von mir aus schwitze ich alles aus, womit ich draußen die Bäume gieße.
„Los, komm jetzt, du Faulpelz!" ruft sie. Ich aber rühre kein Bein. Meine Uhrzeit ist erst in einer Stunde.
„Komm, Schatzi, Schatzilein!" beginnt sie zu betteln. Ich muß doch noch zum Friseur!"
Aha, so ist das! Deshalb die Schmeicheleien! Und schon haben wir ihn wieder: den Egoismus!
Als ich später allein zu Hause liege, schimpft mich meine innere Stimme, die mir immer sagt, dass ich es gut habe und ein dankbarer Hund sein soll. Na ja, stimmt ja! Die Gerda ist trotz Termin noch mit mir Gassi gegangen.
Wie edel ist der Mensch!

Übrigens, Friseurtermin: Die Leila, die mit dem halben Ohr, mußte auch zum Friseur. Doch ich konnte nicht feststellen, dass sie danach schöner ausgesehen hätte. Sie kam wie ein Zirkushündchen nach Hause, von vorn bis hinten. Auf der Schwanzspitze hatten sie ihr ein Sträußchen Haare stehen lassen, so dass er wie ein Staubwedel aussah. Sie war stolz darauf und noch eitler als zuvor.
Nein, bin ich froh, dass ich da nicht hin muss!

Auch die „Franziska" aus der Hubertusstraße wird manchmal frisiert. Aber sie gefällt mir mit den langen Haaren über den Augen viel besser. Durch die Haare hindurch zwinkert sie

mir immer zu. Und ich kann auch trotzdem ihren Blick sehen, den sie mir zuwirft. Sie mag mich.
Als wir uns zuletzt begegnet sind, kam sie mit einer rosa Schleife auf dem Kopf.
„Hallo, Franzi!" rief ich ihr zu. „Heute mit Schleife?"
Geniert schaute sie vor sich hin.

Ich träume immer noch vom Donnerberg. Es will nicht aufhören mit diesen schönen, wilden Träumen. Dann liege ich auf dem Fußboden und meine Beine und der ganze Körper zucken im Schlaf. Manchmal bin ich wohl auch laut dabei, quietsche oder belle, so dass sich die Gerda schon Sorgen macht, dass ich krank sei.
„Ach was!" sagte dann der Hans: „Er hat nur einen aufregenden Traum. Wahrscheinlich ist er wieder auf dem Donnerberg".
„Der Arme!" antwortet dann die Gerda und weiß nicht, wie aufregend schön meine Träume sind.

Ach, der Xaver! Wie mag es ihm gehen? Er wird immer noch hinkend Wache halten über den Laubeneck-Hof und seine Herden. So einen wie den Xaver gibt es nicht hier in der Stadt. Vor ihm, glaube ich, hätte sogar der Leo Respekt.
Ich wäre damals gern mit dem Xaver gegangen. Aber „Einer von dieser Sorte ist genug!", hat der Laubeneck-Bauer gesagt.
Und bezahlen hätte er auch nicht für mich wollen, wo er doch den Xaver wegen des Hinkebeins umsonst bekam.
Aber so ist das Leben: Tiere und auch Menschen gehen auseinander, sobald sie erwachsen werden!

Meinen Abkauf habe ich der Gerda zu verdanken. Sie hat sich im Vorbeigehen in mich verliebt. Sofort wollte sie mich haben, und nur mich!
„Er ist aber ein Wilder!" hat der Sepp gleich gesagt: ein echter „Donnerberg!" und hat mir mit seiner Pranke stolz auf den Rücken geklopft. Ich glaube, er wollte mich gern behalten. Aber der Sepp hat wenig Geld. Und so hat er dem Hans einen hohen Preis genannt. Dem Hans schien das auch etwas viel; aber die Gerda hat gleich zugestimmt, und da konnte er nichts mehr machen. „Ist ja ein stolzer Bursche"! fand auch der Hans und nahm mich mit. Die Gerda hat wohl seit eh und je das Sagen. Was sie haben will, das bekommt sie vom Hans. Und das betraf auch mich. Die Gerda war mein Schicksal!

Gerade eben habe ich eine Schmeißfliege verschluckt. Die hat mich schon die ganze Zeit genervt. Ich kann es einfach nicht leiden, wenn sie mir mit ihrem Sing-Sang um den Kopf herum rast. Ja, rast! Fliegen kann man das nicht mehr nennen. Das machen die einfachen Fliegen. Aber diese hier gehen mir jedesmal auf den Geist. Auch die Gerda regt sich darüber auf und erschlägt sie mit einer Klatsche. Da kennt sie kein Pardon! Wenn ich aber mal eine erwische, ruft sie aufgebracht:
„Freddi, du sollst doch keine Fliegen fangen! Wenn das mal eine Wespe ist ...!"

Beim Gassigehen bin ich dem alten Drahthaar-Dackel „Hermann" begegnet. Mißmutig trottete er ein Stück hinter seiner alten Dame hinterher. Sie war mindestens so alt wie er, und genauso langsam.

„Hast du keine Lust heute?" habe ich den Hermann gefragt. Da hat er mich von unten herauf mit einem traurigen Dackelblick angesehen und gestöhnt.

„Bist du krank?" fragte ich.

„Ach was, ich bin nicht krank! Ich habe nur keine Hoffnung mehr, jemals nochmal in einen Fuchsbau zu kommen", sagte er. „Seit mein Herr gestorben ist, führe ich ein trauriges Dasein. Ich werde zwar verpflegt, aber ausgeführt werde ich nur bis zur nächsten Ecke", beklagte er sich.

„Ich glaube, ich habe schon jeglichen Spürsinn für die Natur draußen verloren".

Er tat mir leid. Ich konnte ihn gut verstehen.

„Und wie geht es dir, Freddi?" fragte er.

„Na ja, ich kann nicht klagen. Aber die freie Natur vermisse ich auch allzu oft. Was mir aber am meisten zu schaffen macht, ist, dass ich nur eine bescheidene Mahlzeit am Tag habe. Eine, und sonst nichts! Damit ich nur kein Gramm zulege! So wie es den Stadt-Menschen gefällt, weißt du!

Da freut sich unsereins besonders, wenn mal Besuch ins Haus kommt. Der will sich meistens gut mit einem stellen und bringt etwas mit, oder läßt heimlich ein Häppchen fallen. Da passe ich genau auf; das kannst du dir vorstellen. Kinder sind darin am großzügigsten. Die verstehen uns Hunde und spüren, wenn wir Lust auf etwas haben. Ich habe schon öfters erlebt, dass mich ein Kleines an seinem Eis schlecken ließ. Deshalb sind Kinder meine Freunde".

„Du bist mir einer!" sagte der Hermann. „So etwas kann man sich ja auch nur erlauben, wenn man so groß ist wie du! Aufwiedersehen! Mach's gut, alter Freund!"

Später habe ich noch darüber nachgedacht. So wie dem Hermann geht es sicher manchem, wenn sich die Familienverhältnisse ändern. Selbst den Menschen geht es so im Alter. Dann haben auch sie keine Lust mehr und kommen nur mehr bis zur nächsten Ecke. Ich sehe es täglich, wie die Alten immer langsamer daherkommen. Zum Glück ist das bei mir noch in weiter Ferne. Aber die Gerda ...! Sie wird auch schon von Tag zu Tag etwas langsamer, meine ich.

Hunde gibt es genug in der Stadt, und alle Rassen. Aber einige davon sind Typen, sage ich dir, in dieser wie in jener Hinsicht! Einer von den harmlosen ist der „Balken-Toni". Immer wenn ich mit dem Sepp vom Angeln heimfahre, sehe ich ihn.
Er ist von morgens bis abends auf einem Reitplatz in Aktion. Es scheint mir so, als hätte er es sich zur Aufgabe gemacht, den Pferden etwas vorzumachen. Der Toni ist vielleicht fit, mann-oh-mann! Vor den Pferden rast er über den Platz und springt als erster über die Hindernisbalken. Dabei hat er ein Tempo drauf, um nur ja hinüber zu kommen. Aber nachher liegt er flach. Und das jeden Tag!
Ich glaube, er ist verrückt!
Mich beachtet er nicht einmal, wenn ich am Zaun stehe, um mir das anzusehen.
„Ja, sieh dir das an, Freddi!" sagt dann der Hans.
Aber was kann ich denn dafür, dass ich den ganzen Tag brav und ruhig zu Hause herumliegen, oder auf der Terrasse am Geländer stehen soll? Rührt sich mal mein Temperament, heißt es gleich:"Gib Ruhe, Freddi!"
Dieses Stadtleben ist mein Schicksal!

Der Balken-Toni weiß immerhin, warum er das macht, im Vergleich zum „langen Karl". Wenn der neben dem Fahrrad her rennen muss, weiß er nicht, warum dieses Rennen sein muss, ohne Pause, dass er nicht einmal pinkeln kann.
„Hej, mach langsam!" habe ich ihm schon mal zugerufen.
„Du holst dir noch einen Herzinfarkt!"
„Du hast gut reden. Ich muss doch mithalten!", hat er zurückgekeucht. Der Karl ist vor lauter Radrennen so dünn geworden, dass man es langsam nicht mehr mit ansehen kann. Eines Tages wird er unterwegs zusammenklappen.
Das Unverständlichste ist jedoch, dass sein junger Herr glaubt, der Hund mit den langen Beinen bräuchte das. Dabei ist es für den Karl eine Strapaze und für ihn ein bequemes Vergnügen.
Wieder typisch Mensch!

Vor kurzem war ich mit dem Hans beim Tierarzt zum Impfen. War ich froh, als ich wieder da raus war! Nein, das ist nichts für meine Nerven! Allein das Warten zwischen kranken Hunden, Katzen und krächzenden Papageien, und den Gerüchen, mit denen betäubt wird, macht mich ganz krank.
Wie mir das alles widerstrebt! Und auch die Impfspritzen! Wenn ich den Doc schon damit kommen sehe, möchte ich Reißaus nehmen. Das muss ich mir doch nicht gefallen lassen, oder? Auf dem Donnerberg hat es sowas nicht gegeben. Der Xaver hätte den Tierarzt mit seiner Helferin überrannt, oder hätte zugeschnappt.
Diesmal hat der Hans mich nicht auf den hohen Tisch gebracht; damit war ich nicht einverstanden. Ich bin schon schlau genug, um zu wissen, was da oben alles passiert. Da

wird einem sogar ein Maulkorb angezogen, wenn man einmal um sich greift.
Nein, nicht mehr mit mir! Wenn schon Spritze, dann auf dem Boden! Dem Hans zuliebe, damit er sich meiner Erziehung nicht zu schämen braucht. Ich weiß sowieso nicht, warum das sein muss. Bevor ich hingehe, fühle ich mich gesund. Aber die Spritze macht mich krank. Blöde Spritze!

Es gibt viele verfressene Hunde so wie ich. Aber gegen den „Tellerschlecker" bin ich noch harmlos. Bei einem Hundetreff auf der städtischen Wiese hat er uns allen erzählt, dass er nach dem Essen die Teller in der Spülmaschine abschleckt, bevor sie eingeschaltet wird.
„Bekommst du nicht genug zu fressen?" fragte ihn die schlanke „Cora". „Doch, ja! einigermaßen!"
„Dann bist du ein Schwein!" sagte die verwöhnte „Halblohr-Leila". Die soll nur still sein! Frißt sie doch zu Hause den Katzennapf leer!
„Komm, verzieh dich!" sagte der Tellerschlecker und fletschte seine Zähne nach ihr, bevor er ihr den Rücken zudrehte und ging.

Heute ist kein so guter Tag. Beim Laufen draußen habe ich auf Wespen getreten. Sie waren auf den Streuobst-Wiesen an den Birnen. Zum Glück habe ich nicht mit der Nase daran geschnuppert, so haben sie mich nur in den Fuß gestochen. Es war ja nicht weiter schlimm. Auf dem Donnerberg haben wir jungen Hunde oft Wespenstiche gehabt. Dann hat uns der Sepp die Stachel gezogen, falls er sie gesehen hat, und anschließend rochen wir nach seinem Schnaps. Mit Schnaps hat

er alles geregelt, bei uns Hunden und auch bei sich selber.
Aber die Gerda hat das heute nicht gemacht, obwohl ich gleich etwas gehinkt habe. Zu Hause ist der Fuß angeschwollen bis zum Bein, und sie hat wieder Panik bekommen.
„Freddi, wir müssen zum Tierarzt!" hat sie gleich gesagt. Ich verstehe dieses Wort sehr genau; und so war sofort die Abwehr da. Die Gerda mit mir zum Tierarzt? Das schafft sie nie! Warum weiß sie nicht wie man Stachel zieht? Und Schnaps hat sie auch in der Flasche im Schrank.
Kurzentschlossen nahm sie die Leine und wollte mit mir zur Tür. Aber nicht mit mir! Ich bockte und setzte sogar meine Hinterbeine beim Bremsen ein. Die Gerda sah, dass sie mit mir nicht weit kam. Verzweifelt telefonierte sie mit dem Hans. Er war gezwungen, sich daraufhin einen halben Tag Urlaub zu nehmen. Aber zum Tierarzt ist er auch nicht mit mir gegangen, trotz guten Zuredens.
„Er ist aber auch ein so sturer Hund!" beklagte sich die Gerda. „Nicht einmal mit Leckerlis war er zu überreden."
Schließlich kam der Hans auf die gleiche Idee wie der Sepp. Er fand die Stachel nicht mehr, und so half nur der Schnaps.
So werde ich wohl auch ein paar Tage umher hinken, wie der Xaver. Und ähnlich wie er die Schlangen, hasse ich jetzt die Wespen!

Die Betti aus der Augustusstraße ist ein feines Mädchen. Ich träume immerzu von ihr. Leider wird auch sie zu sehr behütet und darf sich nie mit mir austoben. Überall, wo man sie sieht, wird sie an einer silbernen Kette geführt. Sie trägt auch ein silbernes Halskettchen mit ihrem Namen und der Adresse,

damit sie nur nicht verloren geht. Aber wie sollte sie das an der Leine?
Wenn sie mich sieht, wedelt sie freundlich, und ich auch. Wir können uns nur Sympathie-Blicke zuwerfen, mehr erlaubt man uns nicht. Warum müssen verliebte Hunde ihre Gefühle unterdrücken, frage ich mich? Wirklich, ich sage es ja immer: die Menschen machen was sie wollen mit uns!
Leider begegnet mir die schöne Betti zu selten. Aber der „Weihnachtshund" umso öfter. An Weihnachten hat das Christkind ihn den Kindern gebracht. Damals war er noch klein. Nun aber haben wir Sommer, und er ist ein großer Hund geworden, ein anderer, als man sich von ihm gedacht hat. Ich glaube, sie haben es nicht leicht mit ihm; denn er ist unruhig und ein Beller. Sobald sie nach draußen kommen, hört es die ganze Umgebung. Der Hans meinte, man solle ihm einen Maulkorb anlegen, das hilft.
Wahrscheinlich bekommt er auch inzwischen mehr Schimpfe als Streicheleinheiten; und das macht ihn ärgerlich und böse. Die Haare stellen sich ihm schon hoch, wenn er nur einem Hund begegnet, ohne dass dieser ihn dazu herausfordert. Während andere junge Hunde sich am Anfang mit den Leuten und Hunden aus der Umgebung anfreunden und beliebt werden, hat er es bereits geschafft, dass ihn keiner mehr mag.
Er ist aber auch ein blöder Heini! Sogar beim Pinkeln bellt er!
Ich kann seine schrille Stimme schon nicht mehr hören. Sollte sich der Zufall ergeben, dass ich ihn einmal ohne Leine erwische, so wette ich, wird es wohl keine freundliche Begegnung werden.
Es ist nämlich so: Wir Hunde teilen uns über das Bellen ge-

wisse Nachrichten mit, worauf wir antworten, oder auch nicht. Er aber hat nie etwas zu melden, außer: „Hört her: hier bin ich! Nehmt euch in acht!"
Vielleicht ist er in Wirklichkeit ein Feigling. Jeder von uns denkt das Seine über ihn. Soll er doch weiter bellen; niemand hört ihm mehr zu und antwortet ihm nicht. Er bellt ins Nichts!

Ein junger Schäferhund namens „Harras", der auch auf den Streuobst-Wiesen ausgeführt wird, ist auch nicht gerade der freundlichste. Er fühlt, dass ich womöglich stärker und erfahrener bin als er, und kein Feigling. Darum wagt er es bis heute nicht, mir allzu nah zu kommen. Wenn er bei seinem Herrn oder der Frau an der Leine ist, fühlt er sich stärker als ich. Dann bellt er mir die übelsten Frechheiten zu. Und wenn ich ihm überhaupt antworte, habe ich ihm auch nichts Nettes zu sagen. Wenn ich so herausgefordert werde, bin ich auch nicht sehr höflich. Man kann sich doch als Hund auch nicht alles gefallen lassen, oder?

Was ich nicht vertragen kann, ist Aggression und Streit. Dann möchte ich dazwischen gehen, ob bei Hunden oder Menschen. Neulich habe ich erlebt, wie sich ein paar jugendliche Burschen stritten. Sogar geschubst und geboxt haben sie sich. Da war ich schwer zu halten. Die Gerda hat sich in die Leine stemmen müssen, damit ich nicht dazwischen ging. Es ist dann wie in den Krimis im Fernseher. Das reizt mich eben.
Auch wenn die Gerda mit dem Hans streitet, mag ich garnicht. Das trifft mein Gemüt. Meistens ziehe ich mich dann zurück und strafe sie beide mit Verachtung. Wir Hunde sind schließ-

lich auch empfindsame Wesen, die ihren Frieden brauchen!
In solchen Zeiten haben wir es schwerer, mit den Menschen umzugehen, als sie mit uns. Anfangs bin ich auch dann schon mal dazwischen gegangen, habe sie angestoßen und sogar gebellt. Doch wenn Menschen böse sind, sind sie in ihrem Streit nicht aufzuhalten.
„Halt dein Maul, Freddi!" oder: „Misch du dich nicht ein!", hieß es dann. Also, was soll's! Dann sieht zu, wie ihr zurecht kommt!

Vor ein paar Tagen haben sich die beiden wieder gestritten. Der Hans kommt nämlich bald in Rente. Da wollen sie sich „etwas aus dem Leben machen", sagen sie. Doch das Tragische daran ist, dass jeder von ihnen darunter etwas anderes versteht. Der Hans freut sich am meisten darauf, morgens länger schlafen zu können. Doch dabei bin ich der Streitpunkt: ich muss Gassi gehen! Und angeln möchte er gehen, so oft und so lange er will. Damit wäre auch mir gedient.
Aber die Gerda kam gleich mit Reiseprospekten daher. Flugreisen will sie machen, möglichst weit weg und einige Zeit.
„Und Freddi?" hat der Hans gefragt.
„Dann zahlen wir eben eine Tierpension!" entschied sie.
„Du weißt, wie teuer sie sind, wenn es eine gute Versorgung sein soll", hat der Hans zu bedenken gegeben. „Und überhaupt: der Gedanke gefällt mir nicht!" sagte er. „ Der Freddi ist kein Hund, den man ein paar Wochen allein in einen größeren Käfig sperren kann, und auch nicht mit anderen!"
In einen Käfig? Hatte ich richtig gehört? Schon wieder das gleiche Thema wie im letzten Jahr? Ich dachte, das wäre ausdiskutiert.

Wenn sie es wirklich vorhaben, werde ich ausreißen, beschloss ich. Bei der Gerda an der Leine, und ohne Stachelband am Hals, wäre es für mich kein Problem. Ich würde aus der Stadt rennen und mich bis zum Donnerberg durchschnüffeln.

Als sie weiter darüber sprachen, habe ich aus Protest zu bellen begonnen und bin hin und her gerannt.

„Hör auf damit!" hat mich daraufhin die Gerda angeschrien. „Du hast hier nicht mitzureden! Halt dein Maul und geh ins Nest!"

Was sagt man dazu? Mein gutes Gemüt sank mir in die Beine. Schwerfällig ging ich in den Flur und legte mich hinter die Haustüre.

Nicht mitreden, wo es doch um mich ging? Wieder mal ein typisches Beispiel für den egoistischen Menschen, wenn er sein Vergnügen haben will! Denkt man, das Urlaubsproblem hätte sich endgültig erledigt, steht es von Neuem auf dem Programm. Den Menschen ist doch auf Dauer nicht zu trauen!

Warum schickt der Hans die Gerda nicht allein auf Weltreise? Von mir aus lang und weit!

Aber warten wir doch mal ab, was aus den Plänen wird. Bis dahin ist es noch eine lange Zeit, in der ich noch hundertmal an die Straßenlaterne pinkele! Denke ich doch an was Schöneres! Vor dem Winter werden der Hans und ich noch mehrmals zum Angeln fahren, wo ich auch noch schwimmen gehen kann, ehe der See zu kalt wird. Auch er steigt manchmal ins Wasser und kommt mit. Dann schwimmen wir um die Wette. Das Stück Treibholz, das ich herausgefischt habe, nehme ich in meinem starken Fang mit hinaus. Ach, ist das schön!

Gestern Abend war der Hans zum Kartenspielen in den „Goldenen Engel". Da geht er manchmal hin, wenn er Männer-Gesellschaft braucht. Meist wird es spät, bis er heimkommt. Die Gerda ist dann sauer. Auf den Hans und auch auf mich, weil sie an Hans' Stelle vor der Nacht mit mir hinaus muss. Danach geht sie ins Bett.
Wenn der Hans kommt, ist er seltsam beschwingt, mal lustig, mal traurig! Und er riecht nach dem Schnaps vom Sepp.
Auch gestern ist es wieder spät geworden. Doch bevor er schlafen ging, setzte er sich zu mir ans Nest und streichelte mich. Auch genau wie der Sepp. Der konnte dann auch ganz liebevoll sein, der Grobian! Aber wir mochten ihn so, wie er war.
Ich mußte eingeschlafen sein, und der Hans auch. Als die Gerda am anderen Morgen die Treppe herunter kam, schaute sie uns ganz verächtlich an und ging in die Küche. Dabei war es so eine gemütliche Nacht!

Draußen regnet es in Strömen. Es scheint Sonntag zu sein; denn der Hans geht nicht zur Arbeit. Und wer geht mit mir Gassi? Keiner bietet sich zuerst an. Es herrscht dicke Luft im Haus. So warte ich hinter der Haustüre.
So ist das mit uns Hunden: wenn die Zeit da ist, müssen wir hinaus. Einigen wird nur die Gartentür geöffnet; andere brauchen die Begleitung des Menschen.
Zugegeben: es ist kein Vergnügen bei so einem Wetter, nicht für Mensch und Hund! Dann haben es unsere Besitzer nicht leicht mit uns. Das gehört nun mal zu dem Preis den sie für eine Hundehaltung zahlen müssen.

Doch mit genug Liebe geht alles, finde ich. Immerhin gehen die Menschen unter einem Schirm; und wir Hunde...? Die Verwöhnten von uns, wie die Halb-Ohr-Leila, laufen mit einem Regenmäntelchen herum. Das wäre nichts für mich!

Den Rest des Regentages verschlief ich in meinem warmen Nest und träumte vom Donnerberg. Dort war es friedlich. Ich lag dort vor der Hütte und spürte die Donnerberg-Sonne auf meinem Pelz. Die Luft roch nach Bergkräutern und wilden Blumen, ohne Autoabgase. Im Schlaf hörte ich die Murmeltierpfiffe und das Röhren der brunftigen Hirsche. Der dunkle Schatten des Adlers zog von Zeit zu Zeit über mich hinweg, und in der Ferne vernahm ich den Donner des herannahenden Gewitters. Er schallte laut, von einem Berg zum anderen, mit seinem Echo. Blitze drangen hell durch die Dunkelheit meiner geschlossenen Augen. Die Gämsen werden laufen, dachte ich, und sich etwas tiefer in Sicherheit bringen, auch die Murmeltiere in ihren Bau.
Es ist Zeit, mich schwerfällig zu erheben und zu den anderen in die Hütte zu gehen. Dann prasselt der Regen auf das Dach, als wolle er das alte Berghaus erschlagen. Doch wir sind alle zusammen, und niemand von uns fürchtet sich vor einem Wetter. Der Sepp zündet sich seine Pfeife an und steht vor dem kleinen Fenster, um zu sehen, wo die Blitze einschlagen. Draußen ist es laut, aber wir sind ruhig.
Dann weckt mich der Hans, weil ich schnarche.
„Der hat vielleicht einen Schlaf!" sagt die Gerda. Da kann es draußen blitzen und donnern; der sieht und hört nichts!"
Und ich bin zurück vom Donnerberg. Von einem Wetter ins andere.

Die Gewitter machen manchen Stadthunden Angst, weil sie auch Angst vorm Feuerwerk haben. Auch die Katzen verkriechen sich dann, habe ich gehört. Sie denken wohl, sie würden alle erschossen, oder was? Die Wildtiere gehen natürlich auch in Sicherheit vor einem solchen Wetter. Aber ob sie richtig Angst haben, bezweifle ich. Sie kennen eben die Natur und stellen sich darauf ein. Im Vergleich zu den Stadt-Tieren sind sie wohl doch etwas schlauer, finde ich.

Im Leben kommt es oft anders als man denkt, sagen die Menschen.
Und so war es auch bei uns: Der Hans ging in Rente und war jeden Tag zu Hause, was mir das Leben erleichterte. Er führte mich nicht nur bis zur nächsten Straßenlaterne und den Streuobstwiesen, sondern fuhr mit mir in den großen Stadtwald und den weiten Feldwegen vor der Stadt, wo ich laufen konnte.
Auch das Problem mit meiner Versorgung während des Urlaubs löste sich auf andere Weise: Die Gerda brach sich einen Fuß in der Stadt! Erst konnte sie garnicht mehr gehen, und dann humpelte sie wochenlang mit ihren Krücken im Haus herum. Die Träume, bald im Flieger zu sitzen und in die Ferne zu reisen, waren geplatzt.
„Das ist Schicksal!" sagte der Hans. Es war wohl so.
Während der Hans die Hausarbeit machte, saß die Gerda mit ihrem Bein auf der Couch. Ich bemerkte, dass sie oft Schmerzen hatte. Dann setzte ich mich vor sie, um sie zu trösten.
„Bist unser guter Hund, gel Freddi?" sagte sie. „Wenn wir dich nicht hätten!" Ich schmunzelte und war zufrieden!

Ja, so ist es: Es kommt wirklich manchmal anders als geplant. Was soll man sich da noch Sorgen um die Zukunft machen. Bringt doch nichts!
Im Leben ist es wie mit dem Wetter: auf schlechtes folgt wieder gutes. Man muss es nur abwarten! Auch die Sorgen sind wie die Wolken am Himmel: sie ziehen vorbei!

Als es Gerdas Fuß wieder besser ging und sie keine Krücken mehr brauchte, gab es eine Sensation. Der Hans hatte sich etwas Außergewöhnliches überlegt. Eines Tages kam er mit einem großen Wohnmobil angefahren. Die Gerda war sprachlos.
„So", sagte er lachend, „jetzt packe ich unsere Koffer und dann fahren wir in den Süden!"
Die Gerda brachte immer noch kein Wort heraus.
„Komm, Gerda, das ist die beste Lösung für uns: der Freddi kann mit, und du hast es bequem und brauchst nicht laufen!
Sogar während der Fahrt kannst du dein Bein hochlegen; es ist ein Bett darin. Wir fahren dahin, wo es uns gefällt und bleiben solange wir wollen.
Komm mit und schau es dir von innen an! Darin ist alles was wir brauchen. Es ist dann unser kleines Hotel!" schwärmte er.
„Wir können darin wohnen, kochen und schlafen!"
Die Gerda sagte immer noch nichts. Kurz entschlossen packte der Hans sie unterm Arm und führte sie zum Wohnmobil.
Natürlich war ich zuerst da, denn die Besichtigung wollte ich mir nicht entgehen lassen. Schließlich würde ja auch ich darin wohnen.
Alles war gut und schön. Dass es etwas eng war, machte mir

nichts aus. Da kann man gut kuscheln. Hunde mögen das!
Als wir fertig waren mit Staunen, war es eine beschlossene Sache. Und das war gut!
Der Hans hatte an alles gedacht; die Gerda brauchte sich um nichts mehr Gedanken zu machen.
„Das Essen besorge ich und wir kochen uns etwas gemeinsam. Oder wir gehen in ein Restaurant. Der Freddi bewacht in der Zeit das Wohnmobil", sagte er.
Na, gut, das werde ich machen. Da habe ich wenigstens eine Aufgabe. Sollte sich dann ein Fremder zu nah heranwagen, der wird schnell hören, dass drinnen der Vize-Chef im Bereitschaftsdienst ist. Und mit dem ist nicht zu spassen!

Damit war wohl der Urlaubs-Albtraum, der jeden Sommer in meinem Kopf war, ausgeträumt. Endlich hatten sie begriffen, dass ich ein vollwertiges Familien-Mitglied war!
Der Hans ist der Größte! Es lebe der Hans!

Als es endlich soweit war, herrschte Aufregung im Haus. Bloß nichts vergessen! Das Haus wurde an allen Türen und Fenstern verriegelt, und dann fuhren wir los: der Hans im Führerhaus und ich mit der Gerda hinten. Alles war gut. Wir fuhren meilenweit, solange bis ich heraus mußte. Ich stellte mich an die Tür und sah die Gerda an, aber sie schlief. Ich setzte, legte und stellte mich, stubste die Gerda an und gab ein paar weinerliche Töne von mir.
„Anhalten, Hans! Der Freddi muss raus!" rief sie mehrmals, bis er es hörte.
„Ich muss einen Parkplatz anfahren oder eine Ausfahrt!" antwortete er. „Es geht jetzt nicht!"

Ich begriff es und legte mich wieder hin. Doch der Drang wurde zu arg. Bis der Wagen stand, war es passiert: eine Pfütze war im schönen Wohnmobil. Herje, das war mir noch nie passiert. Es war entsetzlich peinlich.
Die Gerda regte sich mächtig auf:
„Fredddi, du Ferkel! Was fällt dir ein?"
„Er schämt sich ja", sagte er Hans. „Es ist meine Schuld. Ich hätte es früher bedenken müssen!"
Dann lachte er wieder. „Er hat den neuen Wagen eingeweiht!"
Ja, ja! Macht euch nur lustig! Hunde sind saubere Tiere. Die Fehler machen die Menschen!

Endlich kamen wir an und alles war vergessen. Der Hans suchte einen schönen Stellplatz zwischen den anderen Mobilen auf der Wiese, direkt am Ufer eines Sees. So konnte er im Schlafanzug angeln gehen.
In der Zeit machte er viel Beute; es gab oft Fisch. Unser neues Wohnmobil wurde zur Fischbude. Der Geruch nistete sich mit jeder Mahlzeit mehr ein. Wir gewöhnten uns daran – und auch die Katzen aus der Umgebung! Wir wurden zum Treffpunkt. Täglich, wenn ein neuer Geruch aus dem Mobil strömte, kamen sie herbei: die Einheimischen vom Platz und auch Fremden. Hartnäckig blieben sie, bis sie ihren Happen hatten. Anfangs ging es mir schwer auf den Geist; denn ich kann nicht von mir sagen, dass ich ein Katzenfreund bin. Einsperren konnten sie mich nicht, weil die Türe offen bleiben mußte. Die Gerda kam auf die Idee, mich an einen Küchenstuhl festzubinden. Aber bei der nächsten Herausforderung ging ich mit dem Stuhl durch die Tür.

„Freddi, du bist ein Kreuz!" beschwerte sich die Gerda. Und „hätten wir ihn doch besser nicht mitgenommen!"
Sie sperrte mich in die Schlafkabine. Aber auch das endete mit einer Schimpferei. Ich hatte es mir in ihrem Bett bequem gemacht.
Am Ende beschlossen sie, in einem anderen schönen Ort zu parken. Dort war kein See, aber das Meer mit einem langen Sandstrand, auf dem die Urlauber sich ausruhten. Direkt am Ufer gab es keine Fische. So packte der Hans die Angelrute ein, und die Gerda sperrte Tür und Fenster auf, damit der Meereswind hindurch ziehen konnte.
Es gab auch keine Katzen, nur mehrere Hunde. Einige lagen zwischen den Urlaubern am Strand, und andere stromerten umher. Sie kamen auch bei uns vorbei. Zwei von ihnen waren Stadthunde, die es genossen, hier ein wenig mehr Freiheit zu haben. Der dritte war von dort. Er zog den Strick, mit dem er irgendwo angebunden gewesen war, hinter sich her. Als ihr Anführer rief er mir zu:
„He Kumpel, kommst du mit?"
„Nein!" bellte ich zurück. „Verschwindet!"
Daraufhin zogen sie ab, bis zum nächsten Abfallkorb und in Richtung Mülltonnen. Bald darauf hörte man von dort ein lautes Gepolter und kurz danach aufgebrachte Rufe und Geschimpfe. Später erfuhren wir, dass sie wegen den Verschmutzungen und Verwüstungen auf dem ordentlichen Platz von der Kontrollstelle eingefangen worden waren und weggefahren wurden. Der Hans sagte: „Die sitzen jetzt im Käfig!"
Im Käfig? Ein Glück, dass ich nicht mitgezogen war!

Mir gefiel das Strandleben. Der helle Sand war weich und warm. Stundenlang hätte ich darin liegen können. Wenn der Hans und die Gerda im Meer schwammen, mußte ich auf unseren Platz aufpassen und auf unsere Sachen. Dafür erlaubte ich mir jedesmal, mich auf das Badetuch von der Gerda zu legen. Es war noch kuscheliger als der Sand. Ich wurde natürlich gescheucht und beschimpft, wenn sie nass zurückkamen. Aber der Hans, so wie er nun mal war, verübelte es mir nicht.
„Unser Freddi ist ein schlauer Hund", sagte er und lachte.
„Ja, und ein raffinierter!" fügte die Gerda hinzu. „Er nützt jede Gelegenheit!"
Während ich auf unseren Badetüchern blieb, nahmen es andere nicht so genau. Sie legten sich auf irgendeines, das gerade frei war. Und das gab Ärger am Strand. Die Hunde wurden gejagt und die Menschen beschimpften sich gegenseitig. Die Folge davon war: Hundeverbot am Strand von der Überwachungsstelle!
Wir fuhren weiter. Schließlich hatten wir ein Wohnmobil und waren beweglich!

Am Rande der Stadt fanden wir einen ruhigen Platz am Wald.
„Hier läßt es sich ein paar Tage aushalten. Dann sehen wir weiter. Ich werde mal die Karte studieren." sagte der Hans.
Die Nacht war ruhig, und wir hatten einen ungestörten Schlaf. Doch in der nächsten weckten uns seltsame Geräusche und leise Stimmen. Sie waren ganz nah. Ich bemerkte sie zuerst und wußte gleich, dass etwas nicht stimmte. Schon erhoben sich meine Nackenhaare bis zum Schwanz.

Auf leisen Pfoten ging ich zur Tür und lauschte. Da wurde es mir gewiß: es waren Fremde an unserem Wohnmobil. Ich ging zurück und weckte den Hans mit einem vernehmlichen Knurren.

„Was ist los, Freddi?" fragte er sofort und begriff zugleich, dass draußen etwas nicht stimmte. Leise weckte er die Gerda und befahl ihr, still zu sein und kein Licht zu machen. Er zog sich schnell an, nahm seine Stablampe und ging mit mir zur Tür. Bevor er sie öffnete, beugte er sich zu mir herab, flüsterte mit mir, streichelte mich und klopfte mir fest auf die Schulter, was bedeutete:

Auf geht's!

Mit einem Ruck flog die Türe auf und das Licht der Stablampe zuckte von einer Ecke in die andere. Da waren sie: Zwei, die nichts Gutes vorhatten! Sie hatten ein Werkzeug in ihrer Hand und wußten im Moment nicht, ob sie es gegen uns benutzen oder fallen lassen sollten. Aber bevor sie sich in ihrem Schreck entschieden, war ich zur Stelle. Ich erinnere mich noch genau, dass mich ein gewaltiger Zorn packte, zumal einer von ihnen mir mit seinem Werkzeug drohte und nach mir trat.

Aber was machen mir schon ein paar Tritte! Ich riss an seinem Arm bis er das Teil fallen ließ. Sie traten beide auf mich ein, doch ich biss ihnen in die Beine und Arme, rasend vor Wut. An den Hans dachte ich nicht mehr, nur an meine Aufgabe, die ich zu erledigen hatte. Und die erledigte ich gründlich! Sie nahmen reißaus, wobei ich ihnen noch ein Stück weit am Hinterteil und an den Beinen hing.

Am anderen Morgen fand der Hans Stoff-Fetzen ihrer Hosen

auf dem Platz vor dem Mobil, auf dem ich schnuppernd und mit aufgestelltem Haar umher ging und ihrer Fährte folgen wollte. Doch dann rief mich der Hans und schenkte mir ein großes Stück Wurst.

Wir blieben nicht dort und fuhren am selben Tag weiter.

In den Bergen hielten wir an, und der Hans beschloss spontan, noch ein paar Tage dort zu bleiben. Eine Bergtour wollte er machen. Aber die Gerda war nicht davon begeistert.

„Da kann ich doch nicht mit", jammerte sie. „Mein Fuß ist noch nicht so stabil!"

„Dann nehm ich halt den Freddi mit!" entschied der Hans. „Dem kann auch noch etwas Bewegung gut tun, bevor wir wieder nach Hause kommen".

Da hatte er Recht! Es war wieder mal eine seiner super Ideen.

„Ruh' dich aus und mache dir einen angenehmen Tag!" riet der der Gerda als wir am anderen Morgen losgingen.

Der Morgen war frisch und klar in den Bergen, so wie ich ihn liebe. In der Luft war nicht ein Gramm an Schadstoffen; meine Nase atmete tief durch. Stetig stiegen wir hinauf, vorbei an den schönen Bergblumen und herben Kräutern, die ich so gern rieche.

An einem kleinen Bergsee oben setzte sich der Hans auf einen großen Stein und teilte sein Frühstücksbrot mit mir. Er trank Wasser aus der roten Aluminium-Flasche und ich aus dem See. Murmeltiere liefen von Bau zu Bau und standen auf den Hinterbeinen, um nach mir zu sehen. Ich kam mir vor, als sei ich wieder auf dem Donnerberg. Ihre Pfiffe reizten mich immer noch, ihnen bis zu ihren Löchern zu folgen. Aber der Hans verbot es mir.

„Bleib' ruhig, Freddi! Lass' sie laufen! Es ist Hunden verboten, ihnen nachzujagen.!" erklärte er mir mit mahnendem Zeigefinger.

Na, gut! Dann eben nicht!

Weiter oben witterte ich auch das Gamsrudel. Natürlich hatten sie uns schon längst gesehen. Da sind ihre Augen den meinen voraus. Aber ich spürte, dass sie da sind.

„Dort stehen sie im Schotterfeld", zeigte mir der Hans.

Aber ich sah sie erst, als sie den ersten Stein bewegten. Polternd rollte er abwärts und nahm weiteres Geröll mit, wie das immer so war. Ich kannte diese Geräusche in der freien Natur ganz genau. Sie hatten sich uns jungen Hunden damals eingeprägt für ein ganzes Leben.

Auf den am Morgen noch verharschten Schneefeldern gingen wir ihren Spuren nach, ich dicht hinter dem Hans, weil er der Führer war in den Bergen. Auch das hatten wir einmal vom Sepp gelernt, und dass wir auf den abschüssigen Schneefeldern nicht toben durften. Die Hänge sind so glatt; da gibt es kein Halten mehr. Selbst die Gämsen, oder auch die Wildschafe und Bergziegen wissen das und gehen an solchen Stellen ruhig hintereinander.

Der Hans bemerkte mein gutes Benehmen in den Bergen und fand es schade, dass wir beide nicht öfters eine Bergtour machen würden. Das fand ich auch!

Wie gerne wäre ich herumgelaufen, hätte springen mögen über Wurzelstöcke und Steine, und am Hans hoch bis zum Gesicht! So voller Freude war mein Herz. Aber ich tat es nicht und hielt mich an die Gebote der Berge.

„Du bist mein guter Hund, mein guter Freddi!" lobte mich der Hans. Wedelnd ging ich hinter ihm her und fühlte, dass auch sein Herz ebenso froh war wie das meine.
Ein Adler flog über uns hinweg und ließ eine Feder vom Himmel fallen. Der Hans hob sie auf und steckte sie mir an mein Halsband. Ich hätte fliegen mögen!
„Das paßt zu dir, Freddi!" sagte er, und ich wußte wie er es meinte.

Am Abend nahmen wir die Freude im Herzen mit nach Hause und bewahrten die Erinnerung daran; denn wirklich glückliche Tage gab es nicht so oft im normalen Leben!

Er und auch ich hatten heute wieder das Glück in der wilden Natur gefunden. Man kann es nicht sehen. Es ist einfach da, schläft auf dem Moos zwischen den Steinen, singt oben am Fels, leuchtet aus den Blumen und weht im Wind.

*****

~ Für Robert ~

Die Brücke am River

Die Brücke am River

Alt, aber immer noch schön stand sie da: die Brücke am River. Mit ihren steinernen Bögen spannte sie sich über diesen Fluss, der seit frühester Zeit unter ihr her eilte, dem Meer entgegen. Sie und der Fluss gehörten zusammen, zu einem Land und einer Stadt.
Doch die Zeiten hatten sich geändert. Was früher ein Ganzes war, war heute geteilt. Aus einem Land waren zwei geworden, und auch aus der Stadt mitsamt ihren Mauern und Menschen. Jedes der Länder hatte neue Besitzansprüche erhoben. Unter Streitigkeiten waren die Grenzen festgelegt worden, wobei sich der Fluss und die Brücke im Mittelpunkt befanden. So wurden auch sie geteilt und dem einen wie dem anderen Land jeweils zur Hälfte zugeordnet.

Damit änderte sich Vieles. Es fuhren keine Schiffe mehr auf dem Fluss, denn die Grenze verlief in der Mitte, dort, wo die Fahr-Rinne am tiefsten und besten war für die Schiffe. So konnten sie weder in dem einen, noch in dem anderen Land fahren. Man hätte einen Streifen Niemandsland dazwischen festlegen können, der für Jedermann frei zugänglich gewesen wäre; doch keines der Länder gab auch nur einen Meter seines Anteils her. Nur die kleinen Boote, auch die der Fischer, durften sich auf ihrer Seite bewegen. Sie hielten sich in ihren Grenzen, denn von den Ufern aus wurde der Verkehr auf dem Wasser beobachtet und streng kontrolliert.

Früher hatten die guten Schwimmer und die Boote zum anderen Ufer gewechselt. Sogar eine Fähre brachte Autos, Tiere und Menschen hinüber, zur Entlastung der Brücke, wenn der Andrang auf ihr zu groß und zeitraubend war.

Der Fluss tat sein Bestes. Er nahm, von der Quelle an, unterwegs die Wasser der zufließenden kleinen Flüsse in seinem Bett auf, um noch mehr Kraft zu bekommen. Sie waren jung und wild, und damit stärkten sie den alten Fluss und vermehrten sein Wasser. Denn seit eh und je ließ er die armen Bauern Schläuche und Pumpen an seinen Ufern errichten, damit sie ihre Felder aus ihm tränken konnten. Er duldete auch nach wie vor die Arbeit der Fischer, die von seinem Fisch ihre Familien ernährten. So hielt er mit seinen Wassern und der Vielfalt seiner Fische alle am Leben.
Für die Armen war er ein Segen!
Durften auch keine Frachtschiffe mehr auf ihm fahren, die Menschen und Waren von einer Seite zur anderen brachten, so behielt er wenigstens das Recht über sein Wasser. Auch wenn die Menschen ihn grenzwertig eingeteilt hatten; er machte mit seinem Wasser was er wollte. Er allein bestimmte, ob er viel oder wenig mitbrachte, ob er schnell oder langsam floss, und auch, wann und wo er über die Ufer schwappen wollte.
Er und der Wind, die Sonne und der Frost, und die Erde an seinen Ufern waren die Natur, die stärker waren als die menschlichen Gesetze, die versuchten, sich darüber hinwegzusetzen und allein zu bestimmen.
Er war und blieb der Überlegene!

Die Brücke spannte sich zwar wie ein starkes Bauwerk über den Fluss, aber sie wußte, dass der Fluss unter ihr der Stärkere war. Bei Tag und Nacht blickte sie von oben herab auf sein eiliges Dahinfließen.
„Wohin willst du, dass du keine Ruhe gibst?" hatte sie ihn schon oft gefragt. Manchmal hatte er vor lauter Eile nicht einmal geantwortet. Oder er hörte es nicht im Rauschen und Schlagen seiner Wellen. Im Winter aber, wenn er ruhiger zwischen den Eisflächen am Ufer dahin zog, antwortete er gewöhnlich:
„Ich habe noch einen weiten Weg vor mir bis zum Meer; da kann ich nicht stillstehen, so wie du. Ich fließe durch mehrere Länder und kann mich nicht von diesen Problemen hier aufhalten lassen. Überall an meinen Ufern gibt es Menschen und Tiere, die mein Wasser brauchen. Gute Menschen!" sagte er, „solche, die mich nicht teilen und über die Rechte, die ich ihnen zugestehe, bestimmen wollen!"

Die Brücke lernte ihn verstehen. Der Fluss war der Ältere von ihnen beiden. Er hatte ja Recht!

Über die Meinung des Flusses war auch die Brücke zum Nachdenken gekommen. Manchmal wünschte auch sie sich, mit ihm dahinziehen zu können in ein friedliches, einiges Land.
„Nimm mich doch mit!" bat sie ihn eines Tages. „Ich bin doch sowieso nicht mehr von Nutzen."
„Das geht nicht!" rief er in seiner Eile. „Du bist mir zu schwer und würdest bis auf den Grund in mir versinken. Das ergibt für uns beide keinen Sinn!"

Später kam er noch einmal darauf zurück:
„Bleibe du stehen und wache über meinen Lauf! Außerdem bist du das Denkmal für die Habgier und Rechthaberei der Menschen hier, die auch dir in ihrem Grenzwahn den normalen Alltag genommen haben!"
„Ein solches Denkmal möchte ich nicht sein!" rief die Brücke empört. „Das ist nicht ehrenwert!"
Der Geist des Flusses aber war schon weiter, als kümmere es ihn nicht mehr; und neue Wasser kamen und flossen nach. Die Brücke blieb allein!

Immer wieder verfiel sie in Gedanken und Erinnerungen. Seit man auch sie geteilt hatte und alles anders auf ihr zuging, hatte sie Zeit zum Grübeln.
An ihren beiden Enden standen Wachposten, die den spärlichen Verkehr, der noch auf ihr herrschte, kontrollierten und zuließen. Niemand war mehr erlaubt, frei hin und her zu fahren, oder zu gehen. Alles wollten die Grenzsoldaten wissen: wohin man ging oder fuhr, und warum; wieviel ein Jeder an Geld und Waren mit sich führte, und wie lange er drüben bleiben wolle. Die Brücke sah, ob die Menschen Freude oder Leid im Gesicht hatten, wenn sie kamen und gingen. Und sie sah die Tränen, die auf dem Heimweg flossen.
Manchmal traf man sich von beiden Stadtteilen auf ihr, mit Genehmigung natürlich! Dann erlebte sie die Freude und das Leid direkt. Mit offenen Armen liefen sie dann aufeinander zu: Alte, Junge, und die Kinder, die ihren getrennten Vater oder die Großeltern wiedersahen. Und die jungen Menschen, die sich einmal kennen- und lieben gelernt hatten. Bei vielen war

das einst auf der Brücke geschehen, damals, als sie noch ein Treffpunkt war am Abend. Bei Musik und nächtlichem Beisammensein unter Sternen waren Freundschaften entstanden, aus denen Liebe geworden war, die nach der Trennung zur brennenden Sehnsucht wurden. Sie beschenkten sich mit Rosen und Küssen, und gingen auseinander mit tausend Plänen für eine gemeinsame Zukunft, auch wenn diese noch in den Sternen stand.

Die Brücke hörte die vielen Beteuerungen von Liebe, die gewechselt wurden. Und all die Fragen der Kinder, die noch nichts vom Leben verstanden. Die Antworten konnten nur Tröstungen sein, aber nicht die Lösung, auf die sie warteten. Geschichten über das jetzige Leben wurden ausgetauscht, am liebsten schöne, über die man lachen konnte. Dabei lagen sie sich dann in den Armen, um des anderen Nähe an sich zu spüren, und ihn am liebsten nie wieder loszulassen.
Das Traurige aus ihrem Alltag erzählten sie nicht, um nicht noch mehr weinen zu müssen. Das getrennte Leben war traurig genug!
Es wurde auch gelogen. „Es geht mir gut", sagten manche, obwohl in ihren Augen das Gegenteil stand. Dann stand es im Raum, bis die Tränen kamen, die die Wahrheit sagten.

Die Brücke bemerkte aber auch das Schweigen zwischen ihrem Reden, und wußte, dass es Ratlosigkeit bedeutete, wie es wohl weitergehe. Und immer auch die bange Frage, ob man sich nochmal wiedersehe. Niemand sprach es aus; aber sie dachten alle daran. Wer wußte schon, was kam?

Wenn sie auseinander gingen, wurden sie von einer leisen Hoffnung begleitet, und von einer bittersüßen Sehnsucht, die schmerzte.

Die Brücke sah es jeden Tag, und das Leiden der Menschen war auch zu ihrem Leiden geworden. Es waren schließlich die gleichen Fragen, die sie beschäftigten. Und das Vielleicht und das Warum?

Die Grenzposten an den Enden schien alles nicht zu interessieren. Mit gleichbleibend starrer Miene erledigten sie von morgens bis abends ihren Dienst, als wäre es die wichtigste Arbeit der Welt. Und da zudem die Menschen auf ihr Wohlwollen angewiesen waren, wurden sie mit der Zeit mächtig und arrogant. Manchmal verweigerten sie ihre Zustimmung auf irgendeine willkürliche Weise. Man war ja der Staat und das Gesetz!

In den Nächten war Ruhe. Dann war die Brücke allein im Dunkeln, denn auch die Laternen auf ihr leuchteten nicht mehr. Welches der streitsüchtigen Länder hätte das Licht auch bezahlen wollen? Damit lag auch der Fluss im Dunkeln. Kein Lichtstrahl, kein heller Schein fiel mehr auf sein Wasser herab. Nur der Mond, wenn er denn schien, und die Sterne schienen vom Himmel und besahen die Welt.

In solchen Nächten, wenn alles still war und schlief, wachte nur die Brücke über dem nie schlafenden Fluss. Manchmal flüsterten sie miteinander: der Flussgeist und die einsame Brücke. Doch im Gegensatz zueinander wurde der Fluss unterwegs von immer mehr kleineren Zuflüssen gespeist,

die sich in ihm vereinten als ein Ganzes, das mit Ausdauer und Kraft bis zu irgendeinem Meer zog.
Der Brücke aber kam nichts zugute. Sie sah, dass sie im Vergleich zum Fluss, nichts Lebendiges war, nichts, das mit vereinten Kräften wandern konnte zu irgendeinem großen anderen Ziel. Sie dagegen stand und stand, und blieb am Ort, um alles hier Geschehene zu ertragen.
Manchmal tröstete sie sich und sprach zu sich selber:
„Auch meine kalten, unbeweglichen Mauern sind von Bedeutung. Wie gut, dass es mich noch gibt! Ein Ort, an dem sich die Menschen in Freude und Leid begegnen können. Wo sollte es sonst sein in dieser geteilten Stadt! Der Fluss läuft davon und kümmert sich nicht darum".
Diese Erkenntnis machte sie ein wenig zufriedener. Und auch selbstbewußt genug, um in ihren Mauern und Pfeilern stark zu sein und standzuhalten, solange, bis ...; wer wußte schon wann?

Es war mitten im Sommer, als der Zirkus kam!
In einer langen Kolonne von Wagen mit Mensch und Tier bewegte er sich in Richtung Brücke, so wie er es von früher her gewohnt war. Doch da standen die Grenzposten vor ihren Buden.
„Halt!" geboten sie. „Hier ist die Landesgrenze!"
„Aber die Stadt ...?" stotterte der Zirkusdirektor in seiner Verblüffung. „Was ist mit der Stadt?"
„Die Stadt ist geteilt nach der neuen Verordnung", sagte man ihm, und die zwei Grenzsoldaten stellten sich in den Weg.

Der Zirkusdirektor ließ sich nicht abwimmeln.
„Schauen Sie", sagte er, „die Menschen dieser Stadt kennen unseren Zirkus seit vielen, vielen Jahren. Sie freuen sich darauf und wollen die Vorführung sehen. Wie soll denn das jetzt gehen?" fragte er.
„Das ist Ihr Problem! Es gibt keinen anderen Weg mehr zueinander!" sagten die beiden Grenzposten kalt und abweisend.

Der Zirkusdirektor war schockiert, und mit ihm die ganze Mannschaft. Alle waren aus ihren Wagen gestiegen und hatten es gehört.
„Was ist mit unserer Vorführung?" fragten sie wild durcheinander. „Wir haben das ganze Jahr dafür trainiert, hart gearbeitet!" protestierten sie laut.
Ratlos, und mit hängenden Schultern, stand der Direktor zwischen ihnen. Er verstand seine Leute; sie hatten ja recht! Aber was sollte er tun?

Auch die großen Tiere, die dem Trakt folgten, drängten nach vorne. Die Affen stiegen aus und öffneten den Raubtieren die Käfige. Im Nu hatten sie sich wie eine unüberwindbare Macht vor den Grenzbuden aufgebaut.
„Ziehen Sie ab! Sofort!" brüllte einer der Soldaten. „Sonst fordern wir Verstärkung an".
„Keine Angst!" beschwichtigte der Direktor. „Wir wollen nur gemeinsam beraten".
Und das taten sie: die Tierbändiger, die Elefantenführer, die Pferdebetreuer und die Kunstreiterinnen, die Jongleure, die Akrobaten und die Clowns!

Krampfhaft suchten sie nach einer Möglichkeit; denn alle waren sich einig: Das Programm mußte vorgeführt werden!
„Dem stimme ich zu!" sagte auch der Direktor: „Zum einen wegen des harten Trainings, und zum anderen wegen der Menschen in der Stadt, die sich auf uns freuen!"
„Ja!" brüllten die Affen, und die Elefanten trompeteten: „Belohnung muß sein!"

Obwohl sie immer wieder aufgefordert wurden, zu verschwinden, überlegten sie lange.
Bis der alte Beppo auf die Idee kam, die Veranstaltung auf der Brücke vorzuführen. Beppo war der Älteste unter ihnen. Er hatte schon Manches in seinem langen Clown-Leben erlebt, doch so etwas noch nicht! Aber Beppo war erfinderisch und hatte immer gute Einfälle. Die anderen waren überrascht und fanden die Idee gut.
„Dann haben beide Seiten etwas davon!" meinte auch Alfonso, der Löwenbändiger.
Sie stellten sich schon vor, wie die Menschen an beiden Ufern standen und applaudierten.
„Und es wäre kostenlos für sie!", sagten die Elefantenführer.
Die Idee war nicht schlecht!
„Aber wie soll das gehen?" fragten die Akrobaten. „Wo sollen wir die Seile und das Netz spannen?"
Die Jongleure waren beunruhigt, dass der Wind auf der Brücke ihre Arbeit durcheinander wirbeln, und ihre Teller in den Fluss wehen könnten.
„Die Löwen werden abgelenkt sein und nicht parieren!" fürchteten ihre Bändiger.

„Und wir werden in den Fluss springen!" riefen die Robben aus den geöffneten kleinen Fenstern der Wagen. Sie fanden es praktisch. „Dann können wir die Zuschauer am Ufer mit unseren Kunststücken unterhalten! Und Fische fangen!" lachten sie.
Die einen freuten sich, die anderen nicht.
Die Akrobaten waren eher dagegen:
„Dann müßten wir für unsere Arbeit ein hohes Gerüst auf die Brücke stellen. Aber es würde wackeln, weil der Boden nicht eben genug ist!" gaben sie zu bedenken. Und sie sagten auch, dass es ihnen nicht gleichgültig sei, statt in das Auffang-Netz in den Fluss hinunter zu fallen!"
Den Affen war alles egal. Sie hörten sich die Vorschläge und die Bedenken an und meinten:
„Wir sind die Problemlosesten! Wir können überall auf Pferde springen, reiten, und auch auf ein hohes Gerüst auf einer Brücke klettern. Kein Problem!"
Sie könnten sogar auf dem langen, eisernen Brückengeländer herumturnen, sagten sie.

„Was ist nun?" rief einer der Grenzposten in ungeduldigem Ton. „Seid ihr euch einig? Der Zugang muss geräumt werden!"
Es war ja verständlich!
Um zu einer Lösung zu kommen, ließ der Zirkusdirektor abstimmen. Die, die für diesen Vorschlag wären, sollten eine Hand heben, und die Tiere einen Stimmlaut abgeben. Aber nur einen! Sonst käme er beim Zählen durcheinander.
Und so auch bei Ablehnung der Idee.
Gesagt und getan! Am Ende stimmte die Mehrheit dem Vorschlag zu.

Im Augenblick waren alle erst einmal erleichtert. Nur der Zirkusdirektor nicht! Ihm stand noch die größte Schwierigkeit bevor, nämlich zu den Grenzsoldaten zu gehen und sie um Zustimmung zu bitten.

Er sei wohl verrückt, meinten diese, als er ihnen die Sache unterbreitete.
„Wie soll denn das gehen?" fragten auch sie sich.
„Wir werden eine Lösung dafür finden!" beruhigte sie der Direktor. „Schließlich sind wir geschickt in diesen Dingen", meinte er.
Nun überlegten auch die Grenzposten. Waren sie einesteils dagegen, wie gegen alles, was gegen ihre gesetzlichen Regeln ging, so beeindruckte sie andernteils diese außergewöhnliche Idee.
„Aber wir müssen zusammen eine staatliche Genehmigung einholen. Wir allein können das nicht bestimmen!" sagten sie schon etwas versöhnlicher. „Und das wird nicht leicht sein!" betonten sie.
„Auch das werden wir gemeinsam schaffen!" ermunterte sie der Zirkusdirektor augenzwinkernd.

Es dauerte Tage, in denen sie an einer abgelegenen Stelle am Flussufer warteten.
Der Fluss hatte allem zugehört. Das war wirklich eine verrückte Idee! Aber man sollte sie unterstützen. Und das tat er auf seine Weise.
Der Sommer ging seinem Ende zu, aber seine Wasser waren noch warm genug, um an den Ufern darin schwimmen zu können.

Er ließ ihre Kinder darin baden, und auch die Robben eine Runde schwimmen und tauchen. Den großen Tieren spendete er sein Wasser, und den Menschen gestattete er, sich ein paar Kübel Flußwasser zu schöpfen, damit sie ihre verschwitzte Kleidung darin waschen konnten. Die Schaumkronen, die danach auf seinen Wellen davontrieben, übersah er großzügig. Sie verdarben zwar seine Qualität; aber diesmal wollte auch er nicht kleinlich sein, wenn schon die Grenzposten der Brücke nicht so genau waren.

Der Brücke selbst kam alles, was geschehen war und geschah, wie ein unwirklicher Traum vor. Jeder Stein, und jede Stahl-Konstruktion an ihr war gespannt auf das, was kam.
Sollte doch der Zirkus mit all seinen Menschen und Tieren kommen, und den Menschen der geteilten Stadt Freude bereiten! Sie, die Brücke, werde allem ruhig standhalten, und sie willkommen heißen!

Noch am gleichen Tag, als die Genehmigung erteilt war, ging das Rennen auf die Brücke los. Alles, was beim Zirkus Arme und Beine hatte, half mit. Die Grenzposten hatten die Brücke für jeden anderen gesperrt. Großzügig und amüsiert sahen sie dem emsigen Geschehen der Menschen und Tiere zu. Elefanten trugen schwere Balken und Stangen mit ihren Rüsseln, Pferde transportierten Kisten und Werkzeug und die Podeste, auf denen die Löwen stehen sollten; und die Affen schleppten lange Seile für die Trapeze hinter sich her.
Die Löwen bewachten tagsüber die Wagen. Sie passten auf, dass die Robben nicht ausbrachen und im Fluss verschwanden.

Sie hätten auf die Idee kommen können, dort zu fischen.
Doch das hatten sie nicht vor! Sie waren stattdessen damit beschäftigt, die vielen Luftballons, die ihnen Beppo gegeben hatte, aufzublasen. Eifrig bemühten sie sich darum, denn sie liebten Beppo. Am Tag des Auftritts sollten sie die Ballons einzeln zum gegenüberliegenden Ufer zu den Kindern bringen. Die Robben würden dabei unter Wasser schwimmen, damit sie nicht gesehen würden, und nur die Ballons an ihren langen Schnüren obendrauf. Es könnte sonst zu Schwierigkeiten mit den Grenzsoldaten kommen; denn jeglicher Kontakt zu den Menschen am anderen Ufer war untersagt. So würde man es als eine Vorführung auf dem Wasser betrachten, und sich darüber freuen.
Die Arbeit lief überall auf Hochtouren. Niemand gönnte sich eine Pause am Tag, bis sich ein Jeder am Abend im Camp am Flussufer zum Schlafen hinlegte.

Am Tag des Auftritts stand alles bereit. Schon vom Morgen an strömten die Menschen dies- und jenseits den Flussufern zu und warteten, bis die Vorführung am Nachmittag begann.
Mit Pauken und Trompeten zog der Zirkus, außer den Robben, auf die Brücke. Dort begrüßte der Zirkusdirektor alle, die gekommen waren. Er vergaß auch nicht, sich bei den Grenzwachen zu bedanken, die den Auftritt ermöglicht hatten. Zuerst begannen die Kunstreiter mit ihren Pferden, und dann mit den Affen obendrauf. Sie sprangen von einem zum anderen galoppierenden Pferd und machten ihre Späße.
Als danach die Elefanten einmarschierten, versuchten sie es auch bei ihnen. Aber sie waren ihnen zu hoch. Jedesmal wenn

einer der Affen es versuchte, fiel er herab noch bevor er oben war, natürlich unter schallendem Gelächter an den Ufern.
Doch die Affen gaben nicht auf. Frech schaukelten sie an den erhobenen Rüsseln der Elefanten und ließen sich tragen.
Löwen sprangen dazwischen und verdrängten die Elefanten.
Jetzt waren sie am Zug. Ihr Trainer kam mit großen Reifen, durch die sie springen sollten. Laute Kommandos schallten von der Brücke. Die Löwen gehorchten. Aber es kam noch aufregender: Die großen Reifen wurden angezündet. Rundum brannte das Feuer. Die Löwen überlegten es sich lange, brüllten ab und zu von oben herab, dass es weit über den Fluss dröhnte; aber schließlich nahmen sie ihren ganzen Mut zusammen und sprangen. Der Trainer war zufrieden, und die Menschen klatschten Beifall.

Dann war der Auftritt der Jongleure. Im Nu hatten sie ein großes Regal voller Teller und Schüsseln aufgebaut. Geschickt flog das Geschirr auf ihre langen Stäbe und begann sich zu drehen. Sie bewegten sich sogar damit; denn zum Glück war es windstill an diesem Tag, so wie sie es sich erhofft hatten.
Einer von ihnen ritt sogar auf einem Pferd mit einem Teller auf der Jonglier-Stange im Mund. Alles ging gut, und kein einziger Teller landete im Fluss. Auch für die Jongleure gab es großen Beifall.

Danach wurde das hohe Gerüst für die Trapezkünstler aufgebaut. Lange Seile hingen von hohen Stangen herab, an denen die Akrobaten hinaufklettern und hinuntergleiten würden.
Bald schon waren sie oben. In schwindelnder Höhe auf der

Brücke über dem Fluss flogen sie in weiten Sprüngen von einer Stange und einem kleinen Podest auf das andere. Die Menschen, und selbst die Brücke, sorgten sich um sie. Ein Fehlgriff zur Stange hätte den Absturz bedeutet.

Besonders gespannt lauerte auch der Flussgeist unten. Er war von weit her auf seinem Weg zum Meer extra zurückgekommen, um sich das Schauspiel anzusehen; denn so etwas kam selten vor. Er wußte jedoch nicht, dass die Akrobaten über dem Brückenboden ihr Auffang-Netz gespannt hatten, das sie im Falle eines Falles auffangen würde. Dies beruhigte auch die Brücke.

Auch bei ihnen verlief die Aufführung gut. Die Zuschauer atmeten erleichtert auf und schenkten ihnen ihren Beifall.

Die Affen hatten während der Vorführung nebeneinander auf dem Brückengeländer gesessen, sehr zur Belustigung der Leute. Auch sie klatschten anschließend Beifall, wie es die Menschen taten.

Zum Schluss kamen die Clowns, allen voran Beppo. In ihrer bunten Lumpenkleidung winkten sie den Zuschauern fröhlich zu, als sie aufmarschierten. Sie kamen mit Musik. Beppo spielte auf einer Mundharmonika. Die anderen tanzten miteinander und warfen sich gegenseitig in die Luft, als wären sie leicht wie Federn. Sie spielten mit bunten Bällen und kleinen Lichtern, ließen Luftballons knallen, und bliesen mit Blasrohren farbiges Konfetti in die Luft. Sie veranstalteten ein buntes Spektakel.

Die Affen saßen immer noch auf dem Brückengeländer und klatschten. Bis die Clowns kamen! Sie schnappten sich den

ein oder anderen, um mit ihm zu tanzen. Aber die Affen wollten es nicht und versuchten wegzulaufen. Aber die Clowns fingen sie ein, und war es auch nur am Schwanz. Bei den Zuschauern, und vorallem den Kindern, herrschte großes Gelächter.
Danach zogen sie zusammen mit den Affen auf den Schultern, ab. Eine gelungene Vorführung!

Als sie am Ende alle, Menschen und Tiere, zur Verabschiedung über die Brücke marschierten, war die Zeit der Robben. Währenddessen sich alles auf das Geschehen auf der Brücke konzentrierte, verschwanden sie von ihrem Ufer aus im Fluss.
Zielstrebig wie geplant, schwammen sie der anderen Seite zu.
Es war ein schönes Bild, als die vielen bunten Luftballons, wie hingezaubert, auf der Wasseroberfläche erschienen.
Der Flussgeist war ganz fasziniert.
Auch die Wachposten staunten. Sie fanden es zwar seltsam, dass sich diese nicht mit der Strömung fortbewegten; aber sie machten sich weiter keine größeren Gedanken darüber, denn es war zugleich sonderbar und schön.
„Es gehört zum Zirkusprogramm", sagte einer zum anderen, um sich nicht zu beunruhigen.

Die Robben brachten alle ihre Ballons hinüber, und schwammen unbemerkt zurück. Unterwegs ließen sie es sich jedoch nicht verbieten, sich aus einem Schwarm Fische mehrere als Belohnung zu gönnen, wo sie doch für ihre Leistung keinen öffentlichen Beifall erhielten.
Beppo aber war mit ihnen zufrieden; und das war die Hauptsache!

Die ganze Zirkusmannschaft war am Ende mit ihrer Arbeit zufrieden. Und was das Wichtigste war: auch die Menschen! Nachdem der Zirkusdirektor sich im Namen aller verabschiedet hatte, und der letzte Applaus verklungen war, leerten sich langsam die Ufer.

Die Brücke sah, mit welch frohen und entspannten Gesichtern sie alle nach Hause gingen. Der Dank galt dem Zirkus mit seinen mutigen Darstellern und Tieren. Er hatte den traurigen Menschen dieser Stadt Freude gebracht. Und die Einheit in der Freude und dem gemeinsamen Applaus.
Auch wenn es nur für einen einzigen Tag gewesen war!

Die Grenzen zur Brücke wurden wieder geschlossen, und die Wachposten standen weiter da mit unberechenbaren Gesichtern, die kein Pardon kannten bei den Gesetzen des Staates.
Der Zirkus war abgereist, und auch der Fluss zog unaufhaltsam weiter auf seinem Weg.
Über der Stadt lag wieder die gleiche bedrückende Last wie vorher, die jedes laute Lachen unter sich begrub. Und zwischen allen stand die Brücke, einsamer als je zuvor. Seit der Zirkus weg war, hatte sie das Denken und Hoffen in Bezug auf eine bessere Zukunft aufgehört. Da hatte nur ein Zirkus kommen müssen, um die Menschen in der Freude zu vereinen!
Aber die Köpfe und Herzen der Regierenden blieben zugemauert, eingemauert im eigenen Machtbestreben und Größenwahn. Mit ihnen konnte sich nichts ändern.
Nein; hier mußte nur noch ein Wunder geschehen!

Der Winter war schon vergangen, und es war Mai, als der Flussgeist zurückkam. Er wachte über seine unruhigen Wasser, die jung und kalt aus den Bergen hinzugekommen waren, um mitzuziehen. Die Fische hatten gelaicht, und ihre kleine Brut tummelte sich in dichten Schwärmen unter der Oberfläche an den seichten Ufern, die ein wenig wärmer waren. Im Schilf und den langen, grünen Algenpflanzen fanden sie Schutz vor den größeren erwachsenen Tieren, die die dunklere Tiefe in der Mitte des Flusses und den schnelleren Strom bevorzugten.

In einer stillen Nacht kam es der Brücke vor, als habe sie die Stimme des Flusses gehört.
„Schläfst du?" rief er leise hinauf. Die Brücke lauschte.
„Hör zu!", sagte er fast flüsternd:
„An meinen Ufern habe ich in den vergangenen Nächten von leisen Stimmen vernommen, dass die Menschen von beiden Seiten gegen die freiheitsraubenden Beschlüsse der Länder rebellieren wollen. „Auf der Brücke", haben sie gesagt, „machen wir es! Sie ist der richtige Ort dafür!"
Die Brücke hörte, was ihr der Flussgeist anvertraute.
„Abends im Dunkeln wollen sie die Wachposten überlisten und mit vielen Lichtern in der Hand auf die Brücke gehen. Von beiden Seiten, stell dir vor! Von beiden Seiten!"
Es war kaum zu glauben.
„Erzähl mir bloß keine Märchen!" warnte ihn die Brücke. „Eine alte Brücke kannst du nicht belügen!"
„Aber es stimmt! Ich weiß, was ich gehört habe!" rief er in einem enttäuschten Ton herauf. „Du wirst schon sehen"!

Über die Nachricht war die Brücke aufgewacht. Anfangs wußte sie nicht, ob sie geträumt hatte, oder ob es wahr war. Der Fluss, mit dem sie seit einer kleinen Ewigkeit bekannt und vertraut war, würde sie doch nicht anschwindeln?
Sie grübelte die ganze Nacht hindurch. „Auf der Brücke", hatten sie gesagt? Was sollte das werden?
„Hoffentlich geht das gut!" stöhnte sie in ihren Ängsten. „Ich möchte auf meine alten Tage kein Blut auf mir fließen sehen!"

Der Flussgeist hatte Recht! Es kam, wie es eines Tages ja kommen mußte: die bedrückten Menschen erzwangen sich die Freiheit! „Der Zirkus hat den Auftakt dazu gegeben", dachte die Brücke. Und so war es!

Abends, als die Stadt scheinbar zu schlafen begann, ging eine fast unhörbare Unruhe durch die Straßen, die zur Brücke führten. Die Straßenlaternen waren schon überall gelöscht; man sah und hörte nichts. Wortlos hielt man sich an den Händen und strömte in einem lautlosen Marsch der Brücke zu. Im Dunkeln und im Halbschlaf wurden die Wachposten übermannt, zeitgleich, auf der einen wie auf der anderen Seite.
Dann strömten die Menschenmassen auf die Brücke. Erst als sie dicht an dicht standen, wie auch unten an beiden Ufern des Flusses, zündeten sie die Lichter an, die sie in den Händen hielten. Wie auf einen Schalterdruck hin, entstand ein Lichtermeer und verlieh den Menschen, der Brücke und dem Fluss einen friedlichen, fast schon feierlichen Schein.
Es war immer noch still. Doch dann begannen die Menschen in einem gewaltigen Chor laut zu beten und zu singen. Der Schall

breitete sich wie eine überirdische Macht aus, verzweigte sich wie die schnellen jungen Äste eines Baumes im Frühling, die nicht aufzuhalten waren, und vervielfältigte sich in den Straßen der geteilten Stadt.
„Ist das schön!" jubelte der Flussgeist und befahl seinen unruhigen Wellen, sich zu glätten und zu lauschen.
Andächtig lauschte auch die Brücke. Aber ein wenig auch schon auf die Sirenen der Polizeiautos, die wohl jeden Moment ertönen konnten.
Doch es blieb still! Die ganze Nacht!
Keine heulenden Sirenen, keine Lautsprecher-Befehle, keine Schüsse!
Wie ein stilles Wunder ging irgendwann die Nacht zu Ende.

Lautlos, wie sie gekommen waren, gingen die Menschen nach Hause. Vorerst hatte es genügt, den beiden Staaten die Macht des Volkes zu bekunden, und das auf friedliche Weise!

Alles wurde wieder ruhig und schien vorbei zu sein. Doch es täuschte! Im Stillen arbeitete die Zeit für sich.
Die Hoffnung war noch nicht geboren, aber im Innern wartete ihr Keim darauf, ins Licht der Sonne zu sprießen.

Zufrieden lächelte die Brücke dem Fluss zu, der frei und unbezwungen in die Ferne zog, dem Meer der Ewigkeit entgegen, für das seine Wasser bestimmt waren.

Auch sie, die Brücke, würde den Sinn ihres Daseins wiederfinden. Zwar würden keine schweren Fahrzeuge mehr auf ihr fahren; dieser Last hätte sie nicht mehr standgehalten. Aber den Menschen war sie geblieben. Auf ihr hatten sie sich um den Frieden bemüht, waren zwei feindlichen Ländern mutig und willig entgegen getreten.

„Ein Denkmal" hatte der Flussgeist sie einmal genannt; damals hatte sie sich dagegen gewehrt. Aber den Namen „Friedensbrücke" würde sie mit Stolz tragen!

Und sie würde immer wissen, dass nicht sie es gewesen war, die eine Einheit herbeigeführt hatte, sondern die Menschen. Nur sie allein waren überall in der Welt imstande, Frieden zu schaffen – wenn sie es denn wollten!

*****

Ein Licht

in der Nacht

Ein Licht in der Nacht

Die Samstagnacht war sternenklar. Lilly zog ihren alten Wintermantel an, der mit dem Pelzkragen, und zündete das Licht ihrer kleinen Laterne an, wie immer, wenn sie das Haus verließ. Sie hatte auch Max dabei, ihren kleinen Hund an der Leine, den sie spät am Abend ausführen mußte. Aber Max lief nicht mehr an der Leine, schon seit jener Nacht nicht mehr, als ihn ein vorbeifahrendes Auto in der Dunkelheit erfasste und von der Leine trennte. Lilly hatte ihn damals die ganze Nacht gesucht, weil ihr Kopf noch klar war. Doch mit dem Verschwinden von Max waren bald auch die klaren Gedanken verschwunden, und sie lebte in dem Glauben, dass er von seinem nächtlichen Ausreißen wieder zurückgekommen sei. Sie werde in Zukunft besser auf ihn aufpassen und ihn nie mehr von der Leine lassen.

Lilly glaubte Vieles. Auch dass sie, so wie es früher war, ihren Tanzauftritt auf der Bühne habe. Max, der Unsichtbare, begleitete sie nach wie vor und wartete während der Vorstellung bei seiner Leine unter einem Tisch.
Doch Lilly tanzte nicht mehr auf der Varieté-Bühne der Stadt, sondern in der größten Diskothek, die sich jedes Wochenende mit jungen Besuchern füllte, die ihre eigenen Tänze tanzten und sich ein Vergnügen schufen. Normalerweise hätte man auf die Vorführung einer alten Tänzerin verzichten können.

Lillys Auftritt zwischendurch war durch ein seltsames Engagement entstanden. Die bunten Lichter und die laute Musik, die durch die Fenster nach draußen drangen, hatten sie eines Nachts irregeführt und glauben gemacht, sie lebe noch in jener Zeit, in der sie eine junge Tänzerin war.

Davon angelockt, war sie eines Abends unbemerkt in ihrer Tanz-Kleidung zu einem Auftritt erschienen und hatte alle auf der Bühne überrascht. Doch ihre Tanzeinlage war beeindruckend gewesen. Schon bei diesem ersten Mal hatte sie das junge Publikum für sich gewonnen.

Lilly war Tänzerin aus Leidenschaft; sie tanzte mit großer Hingabe, mit all ihren Sinnen. Ganz still war es in der lauten Halle geworden. Die Musik war leise gestimmt, und auch die lachenden fröhlichen Menschen waren verstummt und über Lillys Tanz fast sentimental geworden. Sie hatten die kleinen Lichter von den Tischen in die Hand genommen und gerührt hingeschaut, und am Ende war der Applaus riesengroß gewesen.

Lillys Auftritt hatte auch die Betreiber der Diskothek überrascht. Mit Verwunderung hatten sie auch die Begeisterung der Besucher gehört. Es war ausschlaggebend, die betagte Tänzerin weiter zu dulden. Anfangs lachten sie zwar über die alte Junggebliebene, die es anscheinend nicht lassen konnte, sich öffentlich darzustellen.

Nun ja, was sie noch zu bieten hatte, war gut. Es kam bei den anderen an; offenbar verstand sie es immer noch auf ihre Art, ein Publikum zu begeistern. Großzügig erlaubte man ihr jedes Mal ihren Auftritt. Und so gehörte sie mit der Zeit zur Samstagabend-Show wie ein glücksbringendes Maskottchen.

Ob mit oder ohne Bezahlung: Lilly interessierte es nicht! Das Tanzen und der Applaus genügten ihr offenbar, um danach in der Dunkelheit zu verschwinden und zufrieden nach Hause zu gehen.

Wer sich Gedanken über Lilly machte, stieß schnell an seine Grenzen. Niemand wußte etwas von ihr; niemand kannte sie. Sie erschien ohne Worte und verschwand ebenso unauffällig leise, wie ein kleines liebenswertes Gespenst, mit Max, der schon lange eins war.
Ein Geheimnis umgab sie und vermittelte ihr einen gewissen Schutz.
„Lass Lilly in Ruh!" hieß es in der Diskothek, wenn Jemand ihr in seinen Bemerkungen zu nahe kam und sich über ihr Alter amüsierte.
Manche staunten über ihren Mut und bewunderten sie. Andere empfanden ihren Auftritt in einer Diskothek als einen Geck.
„Ihr Tanz ist wunderbar! Und so sensibel! Ach, ihr versteht nichts von den schönen Dingen, die das Herz berühren!" wurden sie von den Mädchen abgeschmettert.
„Wir freuen uns auf sie! Lilly gehört dazu!"
Es war die Meinung fast aller. Kam sie einmal nicht, wurde sie vermisst:
„Wo ist Lilly?" fragte einer den anderen.
Und wenn sie kam, sagten sie:
„Lilly kommt!" als käme ein Star.

Auch Manuel kam in einer Winternacht. Und er war nicht allein. Manuel erschien nirgendwo allein. Eine Clique von Jugendlichen und jungen Erwachsenen hatte sich ihm angeschlossen, deren Leader er war. Er bestimmte, wo sie die Samstag-Sonntag-Nacht verbrachten und überwachte es, wie sie sich amüsierten; denn Manuel wußte, was gut für sie war.
Er gab auch das Programm vor für die übrigen Wochentage. Was er sagte, wurde gemacht. Manuel beschaffte ihnen auch Arbeit, gerade genug, dass das Geld unter seiner Verwaltung für sie alle reichte. Mal war es mehr, mal weniger. Aus der Gemeinschaftskasse wurde es nach Bedarf und Notwendigkeit ausgegeben. „Man streckt sich nach der Decke!" war seine Devise. War die Kasse gefüllt, durfte man sich ein Vergnügen gönnen. Und wenn nicht, lernte man bescheiden zu leben.

In einem alten, instandgesetzten Haus wohnten sie zusammen, aus Kostengründen sagten sie offiziell, aber auch, weil keiner von ihnen fähig war, gut genug für sich allein zu sorgen.
Irgendwann, und irgendwie waren sie einmal gestrandet und hatten darüber den Bezug zum realen Leben verloren. Im Grunde genommen waren sie wie hilflose Kinder, die größeren Belastungen nicht gewachsen waren. Sie brauchten eine Bezugsperson, die sie von der Notwendigkeit der Anforderungen, die das Leben stellte, überzeugen konnte; waren es die der Moral, der gesunden Einstellung zur Arbeit, der Ausdauer und Zuverlässigkeit, und die des sozialen Zusammenlebens. An allem mangelte es. Aber sie hatten ja Manuel, der ihnen sagte, was recht war, oder nicht gut, und der die Fehler, die sie machten, mit ihnen besprach.

Manuel war ausgelastet mit seiner „Firma", seinem „Unternehmen", wie er das Planen, Koordinieren und Dirigieren nannte. Es war ein Fulltime-Job, der ihn zu ihrem Boss machte.

„Manu", ihr Boss, besaß gewisse Führungsqualitäten. Er kannte die Vorschriften, die eingehalten werden mußten, und die Erwartungen der Unternehmen. Ansonsten war man einen guten Job los. Und wurden die Gesetze des Staates nicht befolgt, fand sich der eine oder andere auch wieder bei der Polizei. Ein paar schwarze, unreife Schafe unter ihnen bewegten sich oft am Rande. Sie konnten es manchmal nicht lassen, ihre Fähigkeiten auszutesten, die zu einem negativen Erfolg führten. Besonders sie brauchten einen strengen Boss, der sie mit unbeugsamem Willen und eiserner Hand dirigierte.
Sie brauchten aber auch einen Vater, oder älteren Bruder. War dieser gefragt, nannte Manu sie seine „Familie". Dann wurden die Herzen weich und er kam ihnen näher.

Manuel selbst kannte das Leben von verschiedenen Seiten. Er war zwar auch noch jung genug, aber schon durch viele Höhen und Tiefen gegangen, was nicht gerade beispielhaft gewesen war. Zu früh war er ohne Familie haltlos geworden. Zwar hatte er immer wieder versucht, auf eigenen Füßen stehen und gehen zu lernen, aber bisher keinen konkreten Weg in ein normal geordnetes und gesichertes Eigenleben gefunden. Es war ein ständiges Auf und Ab in seinem Alltag gewesen, ein Leben voller Unsicherheit und Selbstzweifel mit Sorgen um das Existentielle. Wie oft hatte er versucht, es zu ändern. Für einen Menschen da sein hatte er gewollt und nach einem Sinn

gesucht für seine Arbeit. Liebe geben und bekommen müßte schön sein. Nur an sich hatte er gedacht, einen Job zu haben, der geradeso reichte, um selbst leben zu können, geschweige denn für andere mit zu sorgen!
Seine Unzufriedenheit über das eigene Leben bezüglich der zahlreichen Misserfolge hatte aber auch zu Erkenntnissen geführt, und zu einem besseren Gefühl für das, was gut oder schlecht für ihn war. Es hatte ihn gelehrt, mit mehr Verstand zu leben, damit sich die Niederlagen nicht wiederholten; und dass es gut war, den einst positiven guten Dingen nachzustreben und sie fortzuführen, damit sie Früchte trugen.

Er versuchte auch die anderen von so Manchem zu überzeugen. Doch es war nicht leicht; denn einigen von ihnen fehlte die Reife, das Leben zu verstehen.
Es war eine verantwortungsvolle Aufgabe, die er sich mit ihnen gestellt hatte. Die jungen Menschen waren von ihm abhängig geworden. Er mußte ihnen mehr Selbständigkeit und Verantwortung für ihr eigenes Leben beibringen. Und zuerst genug Selbstvertrauen! Der Glaube an sich selbst, etwas zu schaffen, war wichtig; das gab Mut!
Tagaus, tagein leitete Manu seine Jungs und Mädchen über den Grad im Leben mit Berg und Tal, ein Weg, der keine Schwindelattacken zuließ, weil ein Schritt daneben, ein einziges Stolpern ins Abwärts führte. Er lehrte sie, vorwärts zu gehen. Und aufrecht, wenn man nichts Unrechtes tat und stolz auf sich sein durfte. Das waren die ersten Schritte. Danach konnte man stolz sein, wenn man Leistungen vollbracht hatte, zum Bespiel eine Arbeit gut gemacht und sein Geld ehrlich verdient hatte.

Manche seiner Schützlinge hatten es schon soweit gebracht, zufrieden und stolz sein zu dürfen. Das Nächste wäre, das Geld nicht für die Gemeinschaftskasse, sondern für sich selbst zu verdienen und eigenständig zu leben.

Manu wußte, dass die Jobs, die lediglich etwas Geld in die allgemeine Kasse brachten, eben nur „Jobs" waren, die wenig Werte vermittelten wie: Liebe zur Arbeit und Verantwortungsgefühl für das, was man da tat; sie ließen keine Kollegialität wachsen, gaben keine Sicherheit in einem Unternehmen,dass man fest dazu gehörte. Eine Arbeit auf Dauer war für einen jungen Menschen ohne guten, oder gar keinen Schulabschluss, nur schwer zu finden. Das mußte ihnen zunächst klargemacht werden. Sie konnten noch so viel von ihren Lieblings-Berufen träumen; Versäumtes nachzuholen war sehr schwer und oft unmöglich. Also mußten Alternativen gesucht werden, noch etwas anderes Gescheites zu erreichen, und dazu brauchten sie Hilfestellung.

In den Stunden, in denen sie zusammen saßen und über ihre kleinen Erfolge und Misserfolge des Tages diskutierten, war Manu derjenige, der sie anhören, belehren, trösten, und ihnen Mut zusprechen mußte. Von ihm erwarteten sie, dass er ihnen einen Weg aufzeigte, wenn sie in Hoffnungslosigkeit verfielen und depressiv wurden, weil sie die Härte des Lebens und mancher Menschen nicht verkrafteten.

Dann sah er sich als Vater, auch als Schäfer einer Herde, die es zu beschützen galt, und fühlte sich verpflichtet, sie in bessere Weidegründe zu führen.

Lebte es sich auch leichter in der Gruppe, reichten doch die Erfolge im Bemühen nur gerade für die Gegenwart, und nicht für die Zukunft!

Lilly hatte diese Sorgen nicht. Seit sich ihr Geist vernebelt hatte, plagten sie überhaupt keine Sorgen mehr. Sie waren im aufkommenden Nebel untergegangen, oder vom Wind der Zeit verweht worden.

Um ihre Existenz brauchte sich niemand zu kümmern; sie hatte keine Familie mehr. Ihre kleine Künstlerrente reichte gerade aus für ein bescheidenes Leben. Und das schaffte sie bisher, wenn auch mehr schlecht als recht. Alles in ihrem Alltag war in die frühere Automatik der Abläufe eingebunden: Die Einkünfte gingen auf das Konto bei der Bank; die Energie-Kosten gingen ab vom Konto, automatisch; das kleine alte Elternhaus, das sie bewohnte, verlangte keine Miete. Die Zeit der Instandsetzungen war mit Lillys Vergesslichkeit vorbei.

Das Leben, der Alltag, ging seinen Weg, auch wenn man nicht mehr klar denken brauchte. Die Arbeit in ihrem kleinen Haushalt schaffte sie aus der Gewohnheit heraus. Dabei kam ihr zugute, dass sie im Leben ein ordnungsliebender Mensch gewesen war, und alles, was sie brauchte, immer noch einen Stammplatz hatte.

Aus Gewohnheit ging sie auch weiter mit Max, der nur mehr eine Leine war. Es erfolgte zwar nicht mehr genau nach seiner früheren Zeit; aber sie führte ihn aus wenn es ihr in den Sinn kam. Max hatte sie auch viele Jahre zu ihrem abendlichen Tanzauftritt auf der städtischen Bühne begleitet. In der Garderobe hatte er brav bei seiner Leine gewartet. So wie sie es jetzt, immer noch glaubte, wenn sie in die Disco ging. Max war ihr ständiger Begleiter gewesen, wo sie auch draußen gegangen war. Sie war es ihm schuldig, weiter für ihn da zu sein und ihn nicht zu vernachlässigen. Er gehörte zu ihrem Leben, früher wie heute! Ohne Max ging es nicht!

Manuel sah sie zum ersten Mal, als sie ihren „Sterbenden Schwan" tanzte.
Sie bewegte sich graziös und hingebungsvoll nach der Musik und nahm nichts anderes mehr wahr. Es war sehr still in der Halle. Die üblichen flackernden Lichter, die unruhig hin und her eilten, waren ruhig. Nur ein matter Strahl hüllte die Tänzerin in ein gedämpftes Licht, so dass sie sich ungestört konzentrieren konnte.
 Lillys Tanz wirkte wie ein stiller Zauber. Manuel sah es den Gesichtern der vielen jungen Zuschauern an. Sie schauten und lauschten und waren nicht ansprechbar. Das schaffte nur Lilly! Als danach jemand aus seiner Gruppe etwas zu laut fragte:
„Was war denn das?" sahen ihn viele entrüstet an, und er wurde belehrt:
„Das war Lilly! Sie gehört dazu!" als wollten sie damit jegliche Kritik unterbinden.
Und dennoch tuschelte man weiter im kleinen Kreis:
„Was soll das? Ist das ein Geck? Sie ist doch viel zu alt!" Und Tom meinte: „Sie geniert sich nicht einmal!"
„Laßt sie in Ruhe!" gebot ihnen Manu. „Warum sollte sie sich genieren, wenn sie ihren Job gut macht"? fragte er sie. „Ich bewundere ihren Mut!" meinte er anerkennend, und die Mädchen stimmten ihm zu und sahen es als eine Attraktion in einer Disco.
Damit war das Thema ausdiskutiert.

Manuel begriff Lillys Zustand erst in jener Winternacht, als sie mit ihrem Licht in der Hand im Sommerkleid ankam, in dem mit den roten Klatschmohnblüten. Lang und dünn zipfelte es unter dem kurzen Wintermantel die Beine herunter, als sie verfroren daherkam. Er traf sie draußen vor dem Eingang.
„Es ist kalt heute Nacht", sprach er sie an. „Frieren Sie nicht in Ihrem dünnen Kleid?"
Sie sah ihn unverständlich an, rot und blau im Gesicht vor Kälte, lächelte nur und nickte.
„Ich habe vergessen, Max das Mäntelchen anzuziehen. Er wird frieren", antwortete sie und zeigte auf ihre Leine.
„Er hat so empfindliche Pfoten!" sagte Lilly.
An ihre eigenen Füße dachte sie nicht. Sie steckten in dünnen Nylonstrümpfen und roten, hochhackigen Schuhen, passend zum Klatschmohnkleid.
Manuel erschrak bei ihrem Anblick. Weiß der Himmel, wie sie darauf bis hierher gekommen ist, fragte er sich.
„Ich muß zu meinem Auftritt!" sagte sie und drängte eilig an ihm vorbei. Beim Hineingehen drehte sie sich noch einmal um und fragte erstaunt:
„Wer bist du? Ich bin Lilly!"
„Ja, Lilly!" wiederholte er. „Ich bin Manuel!"
„Manuel, Manuel" murmelte sie vor sich hin als sie zusammen hinein gingen. Er ließ ihr einen heißen Grog zukommen, damit ihr Frieren aufhöre, und bestellte sich auch einen, weil es ihn an der Seele fror.
Später, als er sie in den roten Schuhen tanzen sah, überfiel ihn ein unendlich großes Mitleid, und er schämte sich seiner eigenen Sorgen. Gewiß, es ging ihnen allen nicht so gut, aber

sie kamen nicht in Sommerklamotten daher, weil sie noch einen klaren Verstand im Kopf hatten.

In dieser Nacht ging Manuel mit Lilly nach Hause. Er war erstaunt, wie zielgenau sie durch die Straßen ging. Das Licht ihrer Laterne leuchtete spärlich; aber Lilly kannte den Weg.
An ihrem Haus angekommen, nahm sie mit der größten Selbstverständlichkeit die Schlüssel aus der Tasche und öffnete die Tür. Sie lud Manuel zu einem Kaffee ein, wie sie es früher bei ihren Kavalieren getan hatte. Aber statt Kaffee kochte sie einen Kräutertee, weil sie es gewohnt war, wenn sie spät nach Hause kam. Danach ging sie zu Bett, einfach so.
Manuel legte sich auf die Couch und blieb über Nacht, obwohl er nicht wußte, warum er das tat. Als er am anderen Morgen ein Frühstück richten wollte, denn Lilly schlief tief und fest, fand er weder einen Kaffee noch etwas wirklich Essbares im Haus, nur Tees aller Art.
Still verließ er das Haus und war sich sicher, dass er Lilly schon nicht mehr in der Erinnerung war.

Auf dem Heimweg dachte er über sie nach. Was war das für ein Leben? Es schien, als würde sie von Niemanden versorgt. Es gab kein Essen im Haus, wogegen noch alles recht ordentlich war. Verwunderlicherweise!
In der Kälte ging sie im Sommerkleid, und führte einen unsichtbaren Hund an der Leine, die sie nach sich zog.
Sie nahm einfach einen fremden Mann mit ins Haus und ging schlafen, als kümmere sie nichts mehr. Hatte sie solches Vertrauen in ihn, obwohl sie sich nicht kannten?

Wußte sie überhaupt noch, was Vertrauen bedeutete?
Nein, sicher nicht! Erforderte es doch klares Denken!
Manuel kam zu dem Schluss, dass sich im Leben von Lilly etwas ändern müsse. Nur was?

Er war niedergeschlagen, als er zu Hause ankam. Die anderen spürten es und suchten ein Gespräch. Darin schilderte er ihnen Lillys erbarmungswürdigen Zustand. Einigen von ihnen trieb es Tränen in die Augen; und alle waren mit ihm der Meinung, dass man ihr helfen müsse.
„Auch der Auftritt in der Disco nimmt ihr im Alter die Würde, und ist er auch noch so perfekt!" sagte Manu.
„Das wird sie sich nicht nehmen lassen", meinte einige, „denn das Tanzen gehört zu ihrem Leben." Und Tom sagte:
„Da wird sie immer wieder hinlaufen, zusammen mit ihrem Hund. Daran ist sie gewöhnt".
„Sie müßte sich wenigstens wärmer anziehen", sorgte sich Martina, „und jemand haben, der ihr etwas zu essen macht!"
Angela und Harry waren der Meinung, dass ihr niemand von ihnen helfen könne. „Wir müssen einen Pflegedienst ansprechen. Die wissen, was da zu tun ist. Es ist schwierig, mit solchen kranken Menschen umzugehen!" urteilten sie.
Sie hatten ja alle recht! Manu sah es genau so.
Ob sie überhaupt genug Geld hat? fragte er sich. „Und was geschah, wenn nicht? Tanzte sie deshalb Samstagnacht in der Diskothek; vielleicht für ein kleines Entgeld?

Sie diskutierten eine Woche lang immer wieder über das Thema und wußten genau, dass am Ende eine entsprechende

Versorgung nur vom Geld abhing. Wer nichts hatte, fiel durch das Raster der Überschaubaren und landete im Kessel der Armen, aus dem es kein Entkommen gab. Es gab sie überall in der Welt, selbst in einem gut aufgestellten System eines geordneten Staates. Menschen wie Lilly, die nicht mehr für sich sprechen konnten und niemanden mehr hatten, der es für sie tat, gehörten dazu. Leise und unbemerkt waren sie eines Tages aus dem beachteten Kreis der Normalen verschwunden. Es kam wohl daher, dass sie noch lange Zeit dazu fähig waren, einen normalen Alltag vorzutäuschen, weil sie sich selber täuschten. Max war das beste Beispiel bei Lilly.

Doch Manuel sagte sich, dass es doch jedem, der ihr seitdem begegnet war, hätte auffallen müssen, schon allein wegen der nachgezogenen leeren Leine. Sie sprach ja auch mit dem Hund, sprach ins Leere. Das mochte weniger auffällig sein; denn viele alte Menschen führten Selbstgespräche. Zudem war das Verschwinden des Hundes am Anfang sicher ein Schock für sie, der ihre Symptome verschlechterte.

Lilly kam wie immer in der nächsten Samstagnacht. Manu sah sie wieder kommen mit ihrem Laternenlicht und der Hundeleine in der anderen Hand. Diesmal hatte sie Handschuhe an. Aber die seidig-dünne weiße Hose schlotterte um ihre Beine; darüber vermochte auch der alte abgetragene Wintermantel nicht zu wärmen. Als er sie begrüßte, bemerkte er ein undefinierbares Lächeln um ihren Mund. Ob sie sich erinnerte?

Sie kam auf ihn zu und drückte ihm gleich die Leine in die Hand: „Da, nimm du den Max bis ich fertig bin!" sagte sie. Es war sicherlich ein kleiner Vertrauensbeweis.

Manuel begleitete sie auch in jener Nacht nach Hause. Er durfte den Hund führen und hielt die Laterne.
Zu Hause dann der gleiche Ablauf, und er endete wieder darin, dass er blieb. Am anderen Morgen sah er, dass diesmal einige wenige Dinge zu essen im Haus waren, und Kaffee, aus denen er ein kleines Frühstück zubereiten konnte.
Sie fragte auch an diesem Morgen nicht, wer er sei, und nahm alles ganz selbstverständlich hin, was er für sie tat. Lediglich über die Tasse Kaffee, die er ihr ans Bett brachte, entfuhr ihr ein „Hm, hm – wunderbar!" Sie trank ihn in kleinen Schlückchen um ihn länger zu genießen. Dabei lächelte sie.
„Max schläft auch lange. Er ist auch alt geworden!" meinte sie.
Es würde Mühe kosten, ihr die Sache mit Max auszureden, dachte Manuel. Sollte man überhaupt, fragte er sich?
Lilly war mit ihrem jetzigen Leben und Max zufrieden. Warum sollte man es ändern?

Das Wichtigste war, dass für sie gesorgt würde!
Manuel fragte nicht und handelte bei den notwendigen Dingen.
„Ich besorge uns etwas zu essen", entschied er, und Lilly war einverstanden.
„Ja, wir müssen kochen!" sagte sie zustimmend.
Als er aus dem Haus gehen wollte, entschloss sie sich, im übergezogenen Mantel mitzugehen. Es kostete Mühe, dass sie ihr Nachthemd und die Hausschuhe ablegte und sich warm anzog. Dann gingen sie in „ihren Laden". Lilly kannte sich aus.
Oder doch nicht? Orientierungslos lief sie von einem Regal zum anderen und packte einiges ein, an das sie gewöhnt war.

Was Manuel dazulegte interessierte sie nicht. An der Kasse hatte sie wenig Geld in ihrem Portemonnaie. Sie legte das hin, was sie hatte und sah die Kassiererin fragend an. Diese aber schüttelte den Kopf:
„Das reicht wieder nicht", sagte sie bedauerlich. „Diesmal aber müssen sie bezahlen, hat der Chef entschieden. Es steht noch zuviel aus!"
An Manuel gerichtet, fragte sie: „Sind Sie der Sohn? So kann das nicht weitergehen mit ihrer Mutter!"
„Nein!" sagte er und gab ihr das Geld.
Unterwegs fragte er Lilly, ob sie kein Geld habe.
„Doch!" widersprach sie energisch und stolz: „Ich habe Geld! Auf dem Konto!"
„Dann mußt du Geld holen! Die Rechnung im Supermarkt muss bezahlt werden!" sagte er streng. Und Lilly gehorchte.
Gemeinsam gingen sie zur Bank. Lilly kannte auch diesen Weg. Als sie sich dem Automaten näherten, wehrte sie ab:
„Das kann ich nicht am Automaten. Hier, mach du das!"
Nervös suchte sie nach der Karte, wobei er ihr helfen mußte. Bedenkenlos drückte sie ihm diese in die Hand.
„Oh, Lilly!" sagte er nur und tat was sie wollte.
„Hundert!" sagte sie, „wie immer!" Und: „Die Karte kannst du behalten! Ich kann sie nicht brauchen!"

Manuel blieb auch in der nächsten Nacht. Und weiterhin!
Er versorgte Lilly so gut er konnte, kochte das Essen, machte den Abwasch zusammen mit Lilly, putzte das Haus, wusch die Wäsche und bügelte. Er sorgte dafür, dass sie es warm genug hatten, und schaufelte den Schnee, der immer noch fiel, weg

vom Haus, damit sie einen Zugang behielten.
Am Morgen weckte er sie mit einer Tasse Kaffee, schon allein ihrer Freude wegen, wenn sie ihn trank; er legte eine passende, wärmere Kleidung zurecht und überhörte ihr widerspenstiges Murren. Ebenso am Abend. Ohne ihn würde sie mit der Kleidung ins Bett gehen.
Manuel ging an ihrer Seite durch den Park, wenn es ihr in den Sinn kam, Max auszuführen. Schwer war es am Anfang auch, den Drang am Samstagabend zu unterdrücken, in die Diskothek gehen zu müssen. Die Gewohnheit war eine starke Macht, die den Menschen hartnäckig beherrschte. Es war nicht leicht, gegen sie vorzugehen.
Manuel versuchte es auf vielerlei Weise. Die Ausrede, die Disco habe geschlossen, wurde schnell vergessen, und von Lilly immer wieder neu angesprochen. Am Ende versteckte er den Kalender, damit nichts existierte, was auf den Samstag hinwies. Lilly hatte ihn für ein ganzes Jahr im voraus rot gekennzeichnet um sicher zu gehen, dass sie den Termin nicht versäumte. Die Tanzmusik kam ab jetzt nur mehr aus dem Radio zu Hause, und wenn Lilly tanzte, ersetzte er das applaudierende Publikum.
Lilly war folgsam geworden. Nur manchmal noch sah sie ihn prüfend an und fragte, wer er sei. Namen schien sie nicht mehr zu behalten, nur den von Max. Er war eingebrannt in ihrem Hirn, wie die Gewohnheiten.
Manuel spürte, dass auch er nun schon zu einer Gewohnheit geworden war. Kam er nach einer kurzen Weile von draußen herein, lächelte sie ihn an, seufzte und meinte erleichtert:
„Du warst lange weg. Gut, dass du wieder da bist!"

In nur wenigen Wochen war es, dank seiner konsequenten Haltung geschehen, dass Lilly sich den neuen Umständen ergab. Mehr und mehr ließ sie los vom eigenen Bemühen um sich und ihr Leben, und fiel in den bequemen Zustand des Versorgtwerdens. Es tat ihr gut! Doch gleichzeitig erlaubte es auch ihrem körperlichen und geistigen Abbau freien Lauf, so dass sie immer bedürftiger wurde.

Für Manuel aber hatte sich damit die Türe geschlossen, die er einmal in seiner Hilfsbereitschaft geöffnet hatte, um ihr eine Weile beizustehen. Es gab kein Zurück mehr! Er hatte den freiwilligen Dienst an Lilly zu seiner Pflicht gemacht, die in diesem ihrem Leben nicht mehr enden sollte.

Gedanken und Sorgen um seine jungen Menschen, mit denen, und für die er lebte, waren ohnehin schon in den Hintergrund gezogen. Ebenso die stillen Pläne für die Umgestaltung seiner persönlichen Zukunft. Die arme, hilflose Gestalt seiner Kranken war mächtig geworden, und so stark, alles andere zu verdrängen. Lilly hatte Besitz von ihm ergriffen!

Manuel glaubte an das Schicksal. Und an eine Berufung. Er hatte sie mit Lilly selbst gewählt. Wie lange hatte er versucht, seinem Leben einen tieferen Sinn zu geben. Hatte er genau das jetzt getan? Und auch nicht schon vorher, indem er für seine „Familie" gesorgt hatte? Wie mühsam hatte er sie auf einen anderen Weg gebracht! Wenn er nun nicht mehr für sie da sein konnte, war es sicher gut so, damit sie alles aus eigener Kraft aufbringen mußten. Vielleicht hatte es so kommen müssen, damit sie über seine Abwesenheit genug an Reife und Lebens-Tüchtigkeit gewannen, um allein zu bestehen? Alles hatte seinen Sinn!

Einmal noch hatten ihn Angela und Harry, Elisa und Tom besucht, weil sich alle Sorgen um ihn machten. Er hatte sich sehr über seinen Besuch gefreut. Lilly dagegen hatte ihn ignoriert und währenddessen starr aus dem Fenster geschaut. Ja, so war das mit dem Selbsterhaltungstrieb: er war stark in seinem Egoismus und versuchte alles fernzuhalten, was seine Versorgung stören konnte.

Manuel konnte sich nicht erlauben, viel über seine jungen Freunde nachzudenken; denn die Versorgung von Lilly nahm sein ganzes Denken in Anspruch. Sie ließ nur mehr wenig Raum für andere, geschweige für ihn selbst.

Wie viele Lillys gab es, die einen Versorgenden ganz für sich vereinnahmten?! Menschen, die den Tag in der Schlafkleidung verbrachten und die Nacht in den Tageskleidern? Solche, die nicht mehr wußten, wie man sich ernährte, pflegen und kleiden mußte?

Gab es genug berufene starke Menschen, die bereit waren, ihnen auf ihrem schweren Weg beizustehen, damit die Würde der Hilflosen gewahrt bliebe? Helfen wollten sicher viele; aber es fehlte wohl manchem an Kraft, den Alltag mit den Kranken zu teilen, glaubte Manuel. Anfangs konnte auch niemand wissen, wie viel Kraft der Hilflose mit der Zeit aus dem Versorgenden schöpfte. Verschenken konnten diese armen Geschöpfe nur mehr den Ausdruck ihrer Zufriedenheit und des augenblicklichen Wohlbefindens, der dann auch den Versorgenden zufriedenstellte und ihn weitermachen ließ bis zur Erschöpfung. Eine Unterstützung wäre auch für die Betreuungskräfte von Nöten,

Allein die Berufung mußte es sein, fand Manuel, die den Menschen die Gabe, die Einfühlungskraft und Ausdauer schenkte, für andere da zu sein.
Und natürlich die Liebe! Sie machte Vieles leichter! Aber wo gab es sie bis zum Ende? Und blieb auch sie über diese Belastung erhalten, fragte er sich?

Das Schicksal hatte ihm die Sorgepflicht für Lilly zugedacht. Aber mittlerweile war es auch sein Herz, das für diesen, ihm anvertrauten Menschen schlug.
Auch ihn stellte es zufrieden, wie alle anderen Sorgenden, wenn Lilly zufrieden war. Wenn er sie am Abend zu Bett brachte und mit einer Geschichte an ihrem Bett saß, sah er das Kind in ihr, das sich nach seiner Nähe und nach Wärme sehnte. Wie ein unschuldiger Engel lag sie da mit ihren weißen Locken um das zarte Gesicht.
Manchmal legte sie die Hände zusammen wie bei einem andächtigen Gebet, während er im Schein der Nachttischlampe vorlas. Ruhe war im Raum, und auch in ihr. Es war für sie beide die schönste Stunde des Tages.
Wenn sie dann am Ende selig eingeschlafen war, spürte er, dass die Arbeit des Tages wieder einen Sinn gehabt hatte, und auch, dass er fähig war, ein kleines Glück und Liebe zu schenken.

Der lange Winter war noch nicht ganz zu Ende, als sich Lillys Zustand rapide verschlechterte. Ihre Teilnahmslosigkeit war so groß, dass ihr alles gleichgültig war, was um sie geschah. Auf ihrem Stammplatz im großen Sessel am Fenster interessierte sie kein Wetter mehr, ob es regnete, noch schneite oder die Sonne schien. Sie griff auch nicht mehr nach Manuels Hand, um sie eine Weile festzuhalten, wie sie es in letzter Zeit oft getan hatte. Das Essen, mit dem er sie fütterte, behielt sie im Mund und öffnete ihn nicht mehr, wenn das Löffelchen kam.

Die innere Unruhe, die sonst zu spüren war, schien vorbei. Es quälten sie auch keine Schmerzen. Lilly schlief und schlief, bei Tag wie in der Nacht, wenn er nach ihr schaute. Beunruhigt von dem neuen Zustand suchte Manuel nach Hilfe. Der Arzt, der von Zeit zu Zeit nach ihr sah, beruhigte ihn:

„Sie ist in den Zustand der Erschöpfung eingetreten", meinte er. „Es wird nicht mehr lange dauern!"

Im Hinausgehen klopfte er Manuel auf die Schulter und sagte:

„Wie gut, dass es solche Menschen gibt wie Sie!"

Die Nacht, als draußen der Sturm kam, brachte die Wende. Manuel sah gleich die Veränderung als er sie sah. Vor dem Fenster tobte der Wind; Lilly aber lag da und schaute ihn mit ruhigen großen Augen an, als habe sie auf ihn gewartet. Ein kleines Lächeln zog sogar über ihr Gesicht, als er sich über sie beugte. Sie griff auch wieder nach seiner

Hand und hielt sie fest.

Lilly trank auch wieder am Kaffee, den er ihr später brachte, und lächelte. Sie lächelte auch, als er ihr das Gesicht und die Hände mit ihrer wohlriechenden Lotion eincremte, nachdem er sie gewaschen hatte.

Es war ein guter Tag!

Ein Tag, an dem man sich auf etwas Besonderes vorbereiten mußte! Sie spürten es beide.

Lilly lächelte auch, als er ihr eines ihrer Lieblingskleider anzog: das mit den roten Klatschmohnblüten, in dem sie einmal tanzte. Richtig frisch und schön lag sie in ihren Kissen, und schien voll zufrieden, als Manuel eine leise Musik einschaltete, die sie immer geliebt hatte.

So war es gut!

Seltsam: ausgerechnet dieser Tag, der bei all seiner Zufriedenheit den Hauch von Vergänglichem an sich hatte, - ja, vielleicht gerade darum! - ließ Manuel wieder an die Zukunft denken. Deutlich wurde er sich dessen bewußt, dass er über die Zeit mit Lilly keine eigenen Zukunftschancen verloren hatte. Im Gegenteil! Lillys kleines Licht hatte auch ihm aus seinem inneren Raum heraus geleuchtet, und ihn auf einen neuen Weg geführt. Dank des Geldbetrages, den sie ihm mit dem Haus überlassen hatte, wollte er eine Gesellschaft mit guten Fach- und Hilfskräften gründen, die sich solcher kranken, hilfsbedürftigen Menschen annahmen. Mit Lillys Arzt hatte er einmal darüber gesprochen, der die Idee, schon allein wegen der zunehmenden Krankheitsfälle, sehr gut fand und ihn dabei unterstützen wollte,

Am späten Abend dieses wunderbaren Tages aber kehrte die Unruhe zurück. Manuel sah sie in Lillys Augen. Ihre Blicke irrten durch den Raum und hafteten in seinem Gesicht: ängstlich fragend, suchend? Er hielt ihre Hand und beruhigte sie:
„Ich bin hier, Lilly! Ich bin doch bei dir! Alles wird gut!"
Doch das wurde es nicht. Was konnte er noch tun?
Die kleine Nachttischlampe warf ein gedämpftes Licht in den Raum. Vielleicht war es ihr zu wenig? Brauchte sie mehr Licht?
Es schien ihm, als wollte sie sich auf den Weg machen.
Er nahm die Laterne, mit der sie immer durch die dunklen Straßen gegangen war, und zündete sie an. Dann legte er ihr die Schlaufe der Hundeleine in die schlaffe Hand, damit Max mit ihr gehe.
Bald wurde es sehr still im Raum. Nur Lillys schwere Atemzüge und ab und zu ein Seufzer, waren zu hören. In der bedrückenden Stille und seiner Hilflosigkeit sang er ihr ein Kinderlied, das vom Mond und den Sternen, und den Schäfchen am Himmel. Sie lauschte mit geschlossenen Augen. Oder schlief sie?

Während Lilly unterwegs war, saß er da wie gelähmt und hielt ihre Hand. Nicht, dass er sie festhalten wollte; kein Mensch konnte halten, was von Gott gerufen war, sich auf den Heimweg zu machen.
Reisende konnte man nicht aufhalten!
Doch wohin gingen sie? Waren ihre Wege weit? Waren sie erleuchtet oder dunkel? Waren sie allein unterwegs, oder

kam ihnen ein Begleiter entgegen?
Manuel hatte sich schon oft diese Fragen gestellt und keine Antwort gefunden. Niemand auf dieser Welt konnte sie beantworten!
Doch man glaubte daran, dass sie an ihrem Ende ins Licht führten, in den Frieden und ins Glück.

Gut, dass Lilly ihre Laterne dabei hatte! Und Max, der den Weg schon gegangen war!
Er strich ihr noch einmal über die Wange und sagte ihr Lebewohl: „Geh nur tapfer zu, Lilly! Und wenn du angekommen bist, tanze im Himmel. Es wird ihnen gefallen!"

******